Traugott

Danielle Willert

Traugott

EchnAton Verlag

Alle Charaktere in diesem Buch sind frei erfunden.
Ähnlichkeiten mit lebenden Personen sind rein zufällig.

Bei möglichen unterschiedlichen Schreibweisen wurde die von der
Duden-Redaktion empfohlene Schreibvariante verwendet.

Erstauflage: © EchnAton-Verlag Diana Schulz e.K.
Alle Rechte vorbehalten. Das Werk darf –
auch teilweise– nur mit Genehmigung des
Verlages wiedergegeben werden.

1. Auflage Oktober 2015

Gesamtherstellung: Diana Schulz
Covergestaltung: Raphaela Näger
Coverbild: ©Veronika Galkina, Fotolia
Bild Innenteil: © hibrida, 123rf.com
Lektorat: Angelika Funk
Druck und Bindung: CPI books GmbH, Leck
ISBN: 978-3-937883-69-4

www.echnaton-verlag.de

Für Yanick

Prolog

Der Name Traugott klingt seltsam und altmodisch. Heutzutage wird kaum noch ein Kind Traugott genannt. Jedenfalls kenne ich persönlich außer Traugott niemanden, der so heißt. Obgleich mancher alte Vorname heute wieder sehr en vogue ist – da brauche ich nur an meine Tante Emma oder meine Freundin Florentine zu denken –, gehört der Name Traugott zu jenen Raritäten, die zwar noch im Namensverzeichnis zu finden sind, aber in der Beliebtheitsstatistik männlicher Vornamen nicht vorkommen. Weitere Träger dieses Namens konnte ich nur virtuell ausforschen. Die meisten hatten im 18. Jahrhundert gelebt.

Ich glaube, dass der Name uns deshalb so ungewöhnlich erscheint, weil Gott aus der Mode gekommen ist. Traugott ist der gleichen Ansicht, aber gerade deshalb liebt er seinen Namen. »Der Mode kann man zwar nur schwer entkommen, aber man kann ruhig auch gegen den Strich bürsten«, behauptete er einmal schmunzelnd. »Außerdem vergisst man meinen Namen nicht so schnell: Man hat ein passendes Thema für Smalltalk und man braucht ihn nicht zu buchstabieren!«

Der Name begleitet einen ein Leben lang und Traugott ist sogar davon überzeugt, dass sein Name ihn wie ein Schutzwall umgibt. Er bedeutet nichts weniger als: Vertraue in Gott. Seine Eltern legten ihm einen wegweisenden Wunsch mit in die Wiege: Vertraue! Und wenn ein Mensch diese Qualität im Laufe der Jahre ganz verinnerlicht, um in weniger guten Zeiten daraus Kraft und Energie zu schöpfen, ist dies doch das Wertvollste, das man seinem Kind mitgeben kann!

Wer könnte das besser erzählen, als jemand, der schon ziemlich lange damit lebt? Somit ist Traugott von klein an Träger einer ganz bestimmten Vorstellung von sich selbst und von Möglichkeiten, die ihm sein Name zuschreibt. Traugott – nomen est omen – vertraut dem Leben. Er ist überzeugt davon, dass alles, was das Leben einem offenbart, aus einem ganz bestimmten Grund geschieht – auch wenn man diesen anfangs noch nicht erkennen kann. Er glaubt daran, dass jede Begegnung eine geheime Verabredung der Seele ist, in die wir nur nicht bewusst eingeweiht wurden, und dass jeder Mensch bei der Geburt sein persönliches Rüstzeug mitbringt, damit er alle Herausforderungen meistern kann, die das Leben für ihn bereithält.

Traugott hat noch nie mit seinem Schicksal gehadert. Er ist überzeugt davon, dass Gott viele Geschenke macht. Einige davon verpackt er in Probleme, andere in kleine und wiederum andere auch in große Herausforderungen. Meist finden wir die Verpackung schauderhaft und wollen das Geschenk nicht annehmen. Je mehr wir jedoch das Geschenk zurückweisen, desto öfter wird es uns in einer noch schrecklicheren Verpackung erneut zugestellt. Wir wollen die versteckte Botschaft dahinter nicht erkennen. Etwas nicht zu bekommen, obwohl man es so sehnlichst wünscht, erweist sich oftmals als wahrer Segen. Meistens verstehen wir das jedoch erst sehr viel später. Das Leben nimmt manchmal unüberschaubare Wendungen, aber hinterher ergibt alles irgendwie einen Sinn. Es fügt sich alles zusammen und man kann den roten Faden, mit dem die eigene Geschichte zusammengenäht ist, erkennen – sofern man nach Erkenntnis strebt. Man wächst mit jeder Herausforderung und Leid geht Hand in Hand mit einer Verfeinerung der Seele.

Und natürlich hat sein Name auch sein Leben bestimmt! Traugott ist stolz, so zu heißen, und ich bin stolz, Traugotts Freundin zu sein, denn so außergewöhnlich wie sein Name, so außergewöhnlich ist auch er.

Mir wäre eine Welt mit Gott auch lieber als eine ohne Gott. Es wäre mir wohler bei dem Gedanken, dass es einen großen universellen Plan gibt, der die Frage nach dem Woher, dem Wohin und dem Warum beantwortet und dem Leben letztendlich einen Sinn verleiht, auch wenn ich ihn nicht durchschaue.

Mir wäre wohler bei dem Gedanken, dass es nicht nur um dieses Leben geht, sondern um unendlich viele, denn dann wäre die Ungerechtigkeit, die auf der Welt herrscht, nur eine scheinbare und wir könnten sie besser ertragen. Was verleitet uns im Grunde dazu anzunehmen, dass der Tod das Ende unserer Existenz ist?

Wir alle haben keine Antworten und wir kennen die Wahrheit nicht. Wenn wir über Gott nachdenken, kommen wir nur bis zu einem gewissen Punkt. Und dieser Punkt ist immer nur ein Reflexionspunkt oder ein Standpunkt, jeweils mit einem Fragezeichen. Aber niemand kommt an Gott vorbei – weder diejenigen, die Gott nur als Lückenbüßer sehen für Fragen, die sie selbst nicht beantworten können, noch diejenigen, die nicht an ihn glauben, denn die machen sich Gedanken darüber, warum sie nicht an ihn glauben können oder wollen. Kein Agnostiker ist über jeden Zweifel erhaben und auch der Atheismus beruht letztendlich nur auf Spekulation.

Absolute Überzeugungen machen die Welt geordneter und übersichtlicher. Sie geben Sicherheit – wenngleich eine scheinbare. Sie sind bequem, aber sie verhindern auch die Wachsamkeit und Empfänglichkeit für andere oder neue Sichtweisen.

Unsere unverrückbaren Gewissheiten halten so oder so nie Stand, wenn wir uns die Mühe machen würden, über sie hinauszusehen. Wir rücken uns die Wirklichkeit mit unseren Überzeugungen zurecht. Es ist einfacher zu beschließen, dass das Unbegreifliche einfach nicht existiert, und nicht darüber nachzudenken, wie wenig wir eigentlich wissen. In den dunkelsten Stunden hoffen allerdings sogar die Ungläubigsten auf Wunder und sind bereit, ihre Ansichten ins Wanken zu bringen oder sogar über Bord zu werfen. Die Frage ist nicht, ob es im Universum etwas gibt, das größer ist als wir es sind, sondern was das für uns bedeuten würde!

Gott ist das Unbegreifliche. Glaube ist Unsicherheit. Vertrauen ist immer ein Wagnis, weil man sich ins Unbekannte aufmacht und Zweifel und Angst immerzu hinter jeder Biegung lauern. Traugott lehrte mich, neugierig und achtsam zu bleiben, damit ich eines Tages möglichenfalls erahne, wie alles zusammenhängt, und – was noch viel wichtiger ist – damit ich jeden Tag mit einer Spur mehr Bewusstheit und Dankbarkeit das Licht lösche und schlafen gehe als noch am Abend zuvor. Er lehrte mich auch, dass die kleinen Dinge die besonderen Dinge im Leben sind und dass jeder Tag mehr als genug davon für uns bereithält, wenn man nur ein offenes Herz und einen wachen Blick dafür hat.

Ich bin dankbar, Traugott getroffen zu haben. Und eines kann ich mit absoluter Bestimmtheit sagen: Traugott ist weder seltsam noch altmodisch. Er ist ungewöhnlich, aber das sind wir seiner Meinung nach alle. Ungewöhnlich im Sinn von besonders und einzigartig.

***

Kapitel 1

Nico ist zu einem Piratenfest eingeladen. Mit einem schwarzen Kohlestift male ich ihm Bartstoppeln auf Wangen und Kinn, binde ihm eine schwarze Augenklappe und ein rotes Kopftuch um und schneide Fransen in seine alte Jeans. Er schnappt sich sein Plastikschwert, tritt damit vor den Spiegel und fragt sichtlich zufrieden:

»Schau ich zum Fürchten aus, Mama?«

»Wenn ich nicht wüsste, dass du es bist, würde ich aus Angst weglaufen«, sage in einem sehr ernsten Ton.

Er schlingt seine Arme um meinen Hals und lacht. Seine Aufgeregtheit und Lebensfreude sind Glück pur. Schnappschuss. Glück pur, kurz festgehalten. Mein Herz fließt über. Ich mache noch ein paar Fotos von ihm in verschiedenen Kampfstellungen, die wir uns am Computer ansehen, und wünschte, Simon wäre jetzt da. Die Einsamkeit wird einem am meisten bewusst, wenn man einzigartige Momente wie diese nicht mit jemandem teilen kann.

Wir ziehen uns an. Draußen ist es merklich kühler geworden, fast zu kalt für September. Ich suche noch einmal die Hausnummer heraus und fahre Nico zum Piratenfest. Am

Haustor hängen bunte Luftballons. Er springt aus dem Auto und läutet. Ich warte, bis ihm das Tor geöffnet wird. Nico dreht sich noch einmal kurz um, lacht und winkt. Und dann ist er in sein Vergnügen entschwunden. Er ist gerade einmal acht Jahre alt und ich empfinde wieder einen dieser kurzen Momente der Rührung und tiefen Dankbarkeit.

Ich notiere in mein Notizbuch: Es wäre gut, allmählich wieder in meine Mitte zu kommen und Verantwortung zu übernehmen. Für uns beide. Bevor ich es zuklappe, lese ich Haarshampoo und deshalb halte ich noch schnell am Supermarkt. Ich habe vier Stunden nur für mich, bevor ich Nico wieder abholen soll.

***

Drei Wochen sind seit unserer Trennung vergangen. Manchmal ändert sich das Leben von einem Moment zum anderen. Er sagte, er habe Angst vor dem Leben, das er nicht lebte. Er litt an der Trivialität seines Lebens und es war das ungelebte Leben, das ihm waghalsiger, aufregender, inspirierender und bunter erschien. Er wollte etwas Neues, etwas Kühnes, etwas Unverbrauchtes. Er fürchtete, etwas zu versäumen im Wetteifer nach Vergnügen, und er wollte die Freiheit, seine neue Liebe zu genießen.

Ich hätte gerne die Zeit zurückgedreht bis zu dem Wendepunkt, an dem sich die Inseln des Schweigens zu bilden begonnen hatten. An diesem Punkt hätte ich vielleicht noch etwas ändern können. Im Laufe der letzten Monate baute sich zwischen uns eine Fremdheit auf, die erdrückend war und die sein zunehmendes Desinteresse bekundete. Es hilft nicht, in Krisenzeiten die ganz normale Alltagsroutine weiterlaufen zu lassen. Es kommt der Tag, da genügt ein Wort und man ist mit dem konfrontiert, was man schon die ganze Zeit gewusst und betulich im Innersten zu verdrängen versucht hat. Wenn wir heutzutage unsere Erwartungen an unsere Beziehung nicht erfüllt sehen, so scheint es, versuchen wir es einfach mit einer neuen. Beziehungen scheitern, weil das Verhältnis zu alltäglich geworden ist. Die rauschhafte Unbedingtheit und die Euphorie der ersten Jahre sind verschwunden und leise schleichend in eine andere Form der Zweisamkeit übergegangen.

Wenn wir uns auf serielle Lebensbündnisse mit beschränkter Haftung einlassen, ist dies eine Möglichkeit, die Unbeschwertheit der ersten Zeit immer wieder neu zu erleben, ohne dass sich Gewohnheit einschleichen kann.

Nachdem man auch in der Schule nichts über die Liebe gelernt hat, geht man ins Kino und gibt sich dem süßlichen Schwindel hin, romantisch und leidenschaftlich lieben zu müssen. Bedeutet Gewohnheit zwangsläufig irgendwann das Ende einer Beziehung? Verhindert sie anhaltende, tiefe Liebe im Alltag oder fehlt es uns letztendlich nur an Dankbarkeit und Wertschätzung für den anderen?

Er ging. Einfach so. Lautlos. Ein Glas fällt zu Boden und zerbricht. Zurück bleiben Scherben. So fühlt es sich also an, wenn man den Boden unter den Füßen verliert. Zur maßlosen Enttäuschung gesellte sich eine tiefe Sehnsucht und beides mündete mit den Tagen in eine traurige Ermattung, die fast schon an Bedürftigkeit grenzte. Die Sehnsucht klebte bereits am ersten Abend in meinem Schlafzimmer. Sie verbreitete sich in der gesamten Wohnung und krallte sich fest, saß an den Wänden fest und lauerte überall. Sie tropfte sogar aus der Espressomaschine, der Kaffee schmeckte bitter.

Wenn man einen Menschen verliert, verliert man ihn nach und nach, zu so vielen verschiedenen Zeitpunkten, an so vielen Orten, bei so vielen Tätigkeiten. Jede noch so banale Alltagstätigkeit erinnert mich an ihn und jetzt, wo er nicht mehr da ist, ist er immer präsent. Noch immer kann ich keinen klaren Gedanken fassen, sie drehen sich immer nur im Kreis und beinhalten immer einen Konjunktiv: könnte, hätte, würde, wäre.

Nico hat in diesem Monat nur wenige Male nach ihm gefragt. In seiner Anwesenheit reiße ich mich zusammen und versuche, meinen Kummer zu verbergen. Ich habe ihm gesagt, sein Vater sei vorübergehend nicht da und müsse zurzeit sehr viel arbeiten. Es war dumm, aber mir ist nichts Besseres eingefallen. Tatsächlich hoffe ich ja auch insgeheim, dass sich zwischen uns nur eine Kette von Missverständnissen aufgebaut hat und sich die Klammer unserer Trennung wieder schließen wird. Aber die Wahrheit ist: Ich bin zu feige. Für die Wahrheit braucht man Mut. Wenn man sie in einer anderen Form präsentiert, ist sie vielleicht weniger schmerzhaft.

Kindern kann man aber nichts vormachen. Sie beobachten alles und tief im Inneren wissen sie alles, auch wenn sie es erst viel später mit dem Verstand begreifen. Sie haben Sensoren für jede Ungereimtheit und jede noch so geringfügige Unstimmigkeit. Er hat nicht nachgebohrt, möglicherweise auch aus Angst vor der Antwort. Vielleicht ist der Schmerz leichter zu ertragen, wenn man ihm nicht direkt in die Augen sieht.

Wieder zu Hause, beschließe ich, mir einen Kaffee zu machen, pendle dabei meine innere Anspannung aus, indem ich mich abwechselnd auf das rechte und das linke Bein stelle. Diese wippende Bewegung sieht vollkommen lächerlich aus und ich bin froh, dass mir niemand zusieht. Der Kaffee schmeckt wieder bitter, auch im Nachgeschmack.

Mir rinnen die Tränen herunter. Ich setze mich auf das Sofa und warte. Ich warte auf etwas – ohne zu wissen worauf. Dabei bade ich förmlich in Selbstmitleid und drohe darin zu ertrinken. Jegliche Dynamik ist mir abhandengekommen. Ich bin müde, unendlich müde vom Weinen und von der Sehnsucht und müde, weil ich in dem Bett, das mir so weit und leer vorkommt, nicht mehr schlafen kann. Ich sehne mich nach einem tiefen, traumlosen Schlaf, weil nur der Schlaf die Seele vor der Verzweiflung rettet.

Zurückweisungen sind schwer annehmbar. Es ist, als würde ich aus der Welt hinausfallen oder als wäre ich von der Liebe und allen anderen Menschen getrennt. Ich fühle mich seltsam fehl am Platz. Die Welt fühlt sich so fremd und unnahbar an, als wäre ich zufällig hier gelandet und würde nicht dazugehören. Hinzu kommt ein schier unstillbares Verlangen nach Anerkennung und nach Bestätigung der eigenen Wichtigkeit. Das Schlimmste an der Trennung ist die Gewissheit, dass er jetzt ohne mich lacht, dass er ohne mich fröhlich ist und dass ihn mein Kummer nicht im Geringsten berührt. Er, der mein engster Vertrauter war.

Für einen Moment will ich wieder Kind sein und meine Sorgen einfach der Fürsorge eines Erwachsenen übergeben, der es besser versteht, damit umzugehen, jemandem, der ein Pflaster auf die Wunde klebt, mich in den Arm nimmt und mir glaubhaft versichert, dass alles bald wieder gut ist.

Ich habe Sehnsucht nach der Zeit, in der das Leben nur Gegenwart oder Zukunft war, in der die Worte Vergänglichkeit und Erinnerung keine Bedeutung hatten. Ich habe Sehnsucht nach der Zeit, in der die Liebe nicht mit Leid einherging und ich Verlust noch nicht kannte. Ich wünsche mir auch, es wäre jemand da, der mir hilft, mich außerhalb der Zeit zu bewegen, die angeblich die Wunden heilt. In mein Notizbuch schreibe ich: »Ist der Schmerz über den Verlust des Geliebten überhaupt heilbar? Bin ich heilbar? Kann ich der Liebe ein weiteres Mal vertrauen? Wird es ein weiteres Mal geben?«

Ich brauche frische Luft! Ich öffne das Fenster und lehne mich hinaus. Es ist herbstlich. Der Himmel ist gnädig, passt seine Farbe meiner Stimmung an: Herbstnebel-Anthrazit. Mein Bein beginnt zu zappeln.

»Nebel ergibt rückwärts gelesen Leben«, denke ich. »So wie dieser Tag hat mein Leben an Klarheit und Kontur verloren, ist herbstzeitlos.«

Ich könnte spazieren gehen, mich unter Menschen wagen, meine Freundin anrufen und ihre Ausdauer strapazieren, indem ich zum wiederholten Male mein Drama vor ihr ausbreite, obwohl die Handlung und die Akteure dieselben sind und das Ende noch offen ist. So wie in den letzten drei Wochen, die ich mit sinnloser Betriebsamkeit füllte, um meine innere Leere zu kompensieren, ständig auf der Suche nach Menschen, die mir helfen sollten, mir selbst zu entrinnen. Ich brauche Ablenkung von mir selbst und meinen Gedanken, weiß aber gleichzeitig, dass ich sie überallhin mitnehme. Wenigstens eine kurze Pause könnten sie mir doch gönnen und nicht ununterbrochen meinen Kopf belagern. Einsamkeit lässt sich nicht so einfach beseitigen. Sehnsucht auch nicht.

Während ich unentschlossen aus dem Fenster starre, fällt mir ein, woran mich diese Situation erinnert. Es ist wie ein Déjà-vu! Und dann – zum ersten Mal seit diesen letzten paar Wochen – empfinde ich ein Gefühl der Freude und der Erleichterung.

»Traugott!«, rufe ich laut aus, so laut, dass drei Passanten auf der anderen Straßenseite neugierig zu mir hinaufsehen und sich dann schnell wieder abwenden, eifrig miteinander flüsternd. Ich muss Traugotts Notizen finden, fein säuberlich für mich niedergeschrieben auf pastellfarbenem Papier!

Es ist schon Jahre her, dass ich sie zuletzt in Händen hielt, und noch viel länger, dass ich Traugott das letzte Mal sah. Ein frischer Lufthauch bläst die ersten Blätter von den Bäumen und ich spüre, wie einzelne Haarsträhnen, die sich aus meinem Zopf lösen, zärtlich über mein Gesicht streichen. Und während ich den Passanten nachsehe, die sich noch einmal kurz nach mir umdrehen, und das Fenster wieder schließe, kann ich endlich meinen Kopf für Erinnerungen frei machen, die heilsamer sind als das übliche Gedankenkarussell.

»Traugott«, seufze ich erleichtert. »Wie es ihm wohl gehen mag?«

Aufgeregt taste ich im hintersten Winkel meines Kleiderschranks nach der beigen Schachtel, in der ich ein paar Erinnerungen aufbewahrt habe. Sie duftet nach Lavendel. Die Notizen sind alle handgeschrieben, sorgfältig eingeklebt in ein fadengebundenes Notizbuch mit festem Einband aus cremefarbenem Leinen, dunkelbraun verstärkten Ecken und einem roten Lesebändchen. Es enthält eine willkürliche Sammlung dessen, was Traugott damals wichtig für mich erschien und das einer von uns beiden später für wert erachtet hat aufzuschreiben. Traugott sammelte einige Notizen auch auf seiner Wortewand. Ich knie vor der offenen Schachtel und beginne zu lesen:

1. Notiz
Es gibt nur die Gegenwart. Vergangenheit lässt sich nicht mehr ändern und die Zukunft steht noch nicht fest. Alles was ist, ist jetzt. Sei zufrieden mit dem Jetzt, so wie es ist. Denn jetzt ist alles, wie es ist, und jetzt lässt sich jetzt nicht ändern, denn es ist ja.
Du hast immer die Wahl. Es bedarf keines bestimmten Grundes, um Freude zu empfinden. Man muss es nur entscheiden.

Ich kann mir jetzt gerade nicht vorstellen, mich zu entscheiden, bedingungslos Freude zu empfinden.

»Ich wäre schon bereit, mich dafür zu entscheiden, glücklich zu sein – vorausgesetzt, Simon kommt zurück und bittet mich in einem Meer aus Blumen um Verzeihung«, sage ich ins Leere, als ob Traugott vor mir stünde.

Ich könnte wieder losheulen. Schon wieder ein Satz mit einem Konjunktiv.

»Ach Traugott, wie schwierig das doch ist, wie gerne wäre ich jetzt ein bisschen wie du!« Ich blättere die Seite um.

2. Notiz
Niemand außer dir ist für dein Glück verantwortlich. Wenn du dein Lebensglück anderen aushändigst, machst du dich abhängig.
Abhängig zu sein heißt gefangen zu sein, gefangen von den Gedanken, Gefühlen, Worten und Taten eines anderen. Das kann nicht Ziel deines Lebens sein, denn Gott hat dir Freiheit geschenkt. Mach niemals dein Glück von Entscheidungen anderer abhängig, denn dann bist du nicht frei.

Wenn du dich selbst nicht liebst, bist du auf die Liebe anderer angewiesen. Wenn diese Liebe dann einmal ausbleibt, fällst du in ein Loch und niemand ist da, der dich auffängt. Wenn du aber dich selbst liebst, ist immer jemand da, der dich liebt. Nämlich du. Andernfalls bist du wie ein Fähnchen im Wind, welches dorthin weht, wohin andere es pusten.

Wo bleibt deine Standfestigkeit? Du hast zwei Beine, benutze sie um fest auf dem Boden zu stehen!

Wenn jemand gut zu dir ist, fühlst du dich gut. Und wenn jemand schlecht zu dir ist, fühlst du dich schlecht. Dann lebst du und verhältst dich so, als hättest du kein Anrecht auf den Platz, den du in dieser Welt beanspruchst. Und dann hast du Angst vor dem Alleinsein.

Du bist abhängig von der Zuneigung, der Wertschätzung, ja schon von der Anwesenheit anderer. Es ist ganz klar: Wenn du für dich selbst nicht da bist und alleine bist, bist du einsam. Das ist der Unterschied zwischen alleine und einsam sein.

Ein Mensch, der sich selbst liebt und anerkennt, ist niemals einsam. Er ist allein mit sich, aber er fühlt sich nicht getrennt vom Rest der Welt. Nur wer alleine sein kann, ohne sich einsam zu fühlen, ist wirklich frei. Ohne Selbstliebe kannst du im Leben nicht bestehen. Liebe dich selbst wie deinen Nächsten, heißt es, dann wird alles gut. Du bist für dich verantwortlich und diese Verantwortung kannst du nicht abgeben. Sei gut zu dir und es wird dir schlagartig gut gehen.

Als ich ein kleines Mädchen war, hat Traugott begonnen, meine Welt zu verändern. Das war an einem Tag im Mai, ein paar Wochen vor meinem 10. Geburtstag. Er schien wie jeder andere Tag zu sein. Auch damals wartete ich darauf, dass jemand, den ich sehr liebte, zu mir nach Hause zurückkam.

Ganz allmählich kehren die Erinnerungen an diese Begegnung zurück und mit ihnen, ganz zögerlich, ein dünner Hauch von dem Schwung, den ich in den letzten Wochen verloren habe.

***

Kapitel 2

Ich heiße Theo. Mit der heutigen Distanz kann ich sagen, dass auch mein Name fürwahr nicht modern ist, denn eigentlich heiße ich Matthea, aber alle nannten mich von klein an Theo. Ich sah mit meinen schulterlangen blonden Haaren zwar aus wie ein Mädchen, trug aber ausschließlich Hosen, spielte gerne Fußball und war lieber mit den Jungs aus meiner Klasse zusammen. Am liebsten trug ich knielange Shorts, was bei meiner Mutter, die mich gerne in kurzen Kleidern gesehen hätte, manchmal auf Widerstand stieß.

Meine Mutter und ich wohnten erst ein paar Monate in einer kleinen alten Straße mit Kopfsteinpflaster in der Nähe des Münzamts. Die Straße war schmal. Die Häuser waren nicht höher als vier oder fünf Stockwerke. Jedes hatte eine andersfarbige Fassade in zarten, unauffälligen Pastelltönen.

Es gab nur ganz wenige Wohnhäuser, einen Blumenladen, einen Buchladen und ein kleines Restaurant. Meine Mama sagte oft: »Es ist ein Segen, dass wir hier wohnen. Hier ist es ruhig und sicher und alle Menschen, die hier wohnen, sind freundlich.«

In unserer Straße war die Welt in Ordnung. Sie sagte, unsere Straße strahle solch eine Beschaulichkeit aus, dass man meinen könne, alle Menschen hier seien mit der Welt einverstanden.

Vom Fenster meines Zimmers aus sah man seitlich auf Camilles Blumenladen. *La vie en rose* hieß ihr Geschäft und der Schriftzug leuchtete rosa in der Nacht.

»Wenn Freude eine Farbe wäre, wäre sie rosa«, sagte meine Mutter oft. »Versuche rosa zu denken, wenn du traurig bist, oder male ein Unglück in Rosa aus, dann bist du gleich viel weniger unglücklich.«

Meine Lieblingsfarbe war Blau. Zu einer meiner schönsten Erinnerungen gehörte der Anblick des hell- und dunkeltürkisblauen Meers unter einem nie enden wollenden klaren, blauen Sommerhimmel. Wir befanden uns im Landeanflug auf Marseille, als ich, zwischen meiner Mutter und meiner Omi sitzend, zum ersten Mal das Meer sah und dreiundzwanzig verschiedene Blautöne zählte. Ich fand fast alles schön, was blau war. Keine andere Farbe war so vielfältig. Zu gerne hätte ich gewusst, wie viele verschiedene Blautöne es auf der Welt gab. Ich glaube, ich habe noch nie zwei absolut gleiche Blaus gesehen. Sogar zwei Glockenblumen waren beim genaueren Betrachten nicht gleich blau.

Jeden Morgen sperrte Camille um halb acht ihr Blumengeschäft auf und gleich darauf stellte sie die Töpfe mit Margeriten, Lavendel, Azaleen und Rosen auf bunte Metalltische mit geschwungenen Beinen rund um ihr Geschäft. Wenn es draußen warm war, verlegte sie ihren halben Blumenladen nach draußen. Im Frühling verwandelte sich der Gehsteig rund um ihr Geschäft in einen bunten Blumengarten. Meine Mutter schaute oft verzückt nach unten und sagte: »Der Gehsteig sieht aus wie gemalt, wenn man vom Fenster hier oben hinuntersieht. Und wenn man erst in Camilles Laden steht, hat man das Gefühl, als ob man in eins von Monets

Gartenbilder eingetreten ist.« Ich wollte damals sehr gerne einmal nach Paris fliegen, ich wollte den Eiffelturm sehen und auch die Blumenbilder von Monet.

Camille hatte am Morgen meist dunkelgrüne Gummistiefel mit aufgedruckten Gänseblümchen an und trug dazu manchmal ein grün-weiß getupftes Kleid und Gartenhandschuhe, sodass sie fast zur Gänze in den Blumen verschwand. Wenn sie sich bückte, um die Zinkeimer für die Schnittblumen mit Wasser zu füllen, war sie inmitten ihres Blumenmeeres kaum zu erkennen.

Camille klemmte die Strähnen, die sich aus ihrem Haarknoten lösten, immer mit derselben anmutigen Geste hinters Ohr. Meine Mutter bemerkte, dass sie eine selbstverständliche Zufriedenheit ausstrahlte, die auffällig war, weil sie so beständig war. Ihr Gang war leicht und schwerelos. Sie sah aus, als ob sie schweben würde und die Schwerkraft überwunden hätte. Das war der flüchtige Eindruck, den wir damals von Camille hatten.

Neben dem *La vie en rose* gab es ein kleines Restaurant, das den Namen *Unter uns* trug. Aber es hieß nicht nur so – *Unter uns* –, sondern es war auch unter uns. Von unserem Fenster sahen wir genau darauf hinunter. Camille saß auch manchmal in der Früh unter der himmelblauen Markise, trank einen Kaffee, las eine Zeitung und winkte uns fröhlich zu, sobald wir aus dem Haus gingen. An den Wochenenden konnte man beobachten, wie sie die Waldreben und Kletterrosen schnitt, die in Rosa und Lila an der Hausmauer emporwuchsen. Ich liebte das Haus mit dem Restaurant sehr, denn überall, wohin ich schaute, wuchsen wundervolle bunte Blumen.

Das *Unter uns* war tagsüber ein ganz normales Café mit einer kleinen, länglichen Theke und wenigen Tischen. Ab 18 Uhr verwandelte es sich in ein kleines Restaurant. Mit den Tischdecken aus Baumwolle mit flieder-weißem Karomuster, weißen Stoffservietten und einer Kerze auf jedem Tisch sah das Restaurant abends völlig anders aus. Es war zwar sehr klein – nicht viel größer als ein etwas größeres Wohnzimmer –, aber irgendwie fand man doch immer einen Platz. Notfalls mussten alle zusammenrücken. Wenn kein Tisch mehr frei war, setzte Frédéric, der Restaurantbesitzer, einen einfach an einen nicht voll besetzten Tisch dazu.

Ab und zu gingen meine Mutter und ich dort abends Crêpes essen. Ich liebte es, mit meiner Mama dort zu essen. Dort konnten wir so schön zusammen sein.

Nicht weit vom Restaurant an der Kreuzung gab es noch eine Buchhandlung. Dort sah man nie sehr viele Kunden. Der Laden war nicht besonders groß und wahrscheinlich war die Auswahl an Büchern ebenfalls überschaubar. Über dem Buchladen hing ein Schild, auf dem in dunkelgrünen Buchstaben der Name TRAUGOTT zu lesen war.

Bis zu jenem Tag im Mai war ich noch nie drinnen gewesen, ich bin immer nur daran vorbeigegangen. Im Geschäft saß meistens ein junger Mann, von dem ich annahm, dass er Traugott hieß, und der vorwiegend las.

Wenn ich vorbeiging und er gerade zufällig zu mir hersah, winkte ich ihm immer zu und er winkte zurück. Oft habe ich mir gedacht, dass es doch bestimmt sehr langweilig sei, den ganzen Tag in dem kleinen Laden verbringen zu müssen und zu warten, zumal nicht gerade viele Menschen den Weg hineinfanden. Aber durch die Fensterscheibe machte Traugott stets einen fröhlichen Eindruck. Wenn er mir winkte, lächelte er, sodass man seine Zähne blitzen sah.

»Ein Lächeln ist ein Geschenk der Liebe, das dich gleich in eine höhere Schwingung bringt«, hat er später einmal zu mir gesagt.

Kapitel 3

Meine Mutter hatte mich an jenem Tag in der Früh zur Schule gebracht. Wir fuhren täglich gegen halb acht los, meist dann, wenn Camille die Blumen auf den Gehsteig stellte. An diesem Tag waren wir jedoch früher dran, die Glocken der Jesuitenkirche läuteten sieben Uhr. Camille zog gerade die Jalousien vor dem Schaufenster hoch. Ich erinnere mich noch gut daran. Meine Mama war ziemlich hektisch an diesem Morgen.

Täglich brachte sie mich mit dem Auto zur Schule, da sie normalerweise von dort aus direkt weiter zur Arbeit fuhr. Eigentlich wäre ich damals schon viel lieber alleine zur Schule gegangen. Immerhin ging ich schon in die vierte Klasse Volksschule. Schließlich durften die meisten meiner Freunde auch bereits ohne Begleitung zur Schule. Meine Mutter entschuldigte ihre Fürsorge immer damit, dass der Großteil meiner Mitschüler einen viel kürzeren Schulweg hätten und nicht U-Bahn fahren müssten.

Als wir mit dem Auto aus unserer Straße bogen, vorbei am Buchladen, sah ich, dass Traugott da war. Normalerweise sperrte der Buchladen viel später auf. Ich winkte ihm zu und er winkte zurück. Dabei lächelte er wieder. Es war eigenartig. Ich hatte noch nie ein Wort mit Traugott gesprochen, aber im Vorbeigehen nahm er immer meinen Blick auf und ich fühlte mich ihm verbunden. Es war, als würde jede dieser stillen Begegnungen nach und nach eine innewohnende Verwandtschaft aufdecken.

»Traugott ist wirklich ein komischer Name«, bemerkte ich.

»Traugott ist ein altmodischer Name«, entgegnete meine Mutter. »Wahrscheinlich, weil Gott aus der Mode gekommen ist«, fügte sie hinzu.

»Warum ist Gott aus der Mode gekommen?«

»Ich weiß es nicht, aber heute wenden sich die Menschen nicht mehr so sehr an Gott wie früher. Manchmal wird man schon komisch angeschaut, wenn man sagt, dass man an Gott glaubt. Mitunter muss man schon sehr beherzt sein, wenn man sich öffentlich zu Gott bekennt.«

»Was heißt bekennen?«

»Bekennen heißt: öffentlich zu etwas stehen. Sich zu Gott bekennen heißt, vor anderen Menschen Gott nicht zu verleugnen«, erklärte meine Mama. »Wenn du klar und deutlich sagst, dass du an Gott glaubst, kann es passieren, dass einige Mitmenschen abschätzig und verständnislos den Kopf schütteln.«

»Glaubst du, dass es Gott gibt?«

»Da bin ich mir ganz sicher, aber oftmals habe ich das Gefühl, dass unsere Gesellschaft ihn einfach abgeschafft hat.«

»Aber man kann doch Gott nicht abschaffen!«, sagte ich empört. »Wie kann man jemanden abschaffen, der vielleicht selbst die Welt erschaffen hat?«

»Natürlich, man kann ihn nicht abschaffen, aber man kann so tun, als würde Gott nicht existieren und den Glauben an ihn abschaffen«, sagte sie. »Und so kommt es mir manchmal vor.«

Ich war nachdenklich. Ich glaubte auch, dass es Gott gab, allerdings wäre ich mir sicherer gewesen, wenn ich ihn einmal gesehen oder gehört hätte.

»Gott muss schon groß sein«, dachte ich, »wenn er die Welt wirklich erschaffen haben soll.« Ich hätte ihn gerne einmal getroffen und ihn gefragt, warum die Welt so ist, wie sie ist.

»Gott muss auch sehr alt sein. Und interessieren würde mich auch, wo er wohnt. Ich glaube nicht, dass Gott im Himmel wohnt. Lennys Mutter ist Flugbegleiterin und hat Gott auch noch nie gesehen, obwohl sie doch nahezu im Himmel arbeitet.«

Ich musste zugeben, es fiel einem nicht leicht an Gott zu glauben, weil er so unsichtbar war. Weil er so schweigsam war. Weil er nicht antwortete, wenn man sich an ihn wendete. Und weil es so viele arme und unglückliche Menschen gab und er nichts dagegen tat. Man hatte das Gefühl, er sei untätig.

»Er ist eine Fata Morgana und wahrscheinlich glauben diejenigen, die kein leichtes Leben haben, sie seien ihm vollkommen gleichgültig. Wenn es Gott gibt, dann muss er doch wissen, was hier los ist!«

Vielleicht wollten die Menschen ihn abschaffen, weil sie darüber enttäuscht waren, dass Gott sich ihnen nicht zeigte. Vielleicht war Gott auch einfach nur müde, weil die Menschen so viele Wünsche an ihn hatten und er gar nicht nachkommen konnte, sie alle zu erfüllen. Oder er war traurig, weil wir Menschen nicht gut auf die Erde aufpassten und so schlecht mit ihr umgingen. Oder war er enttäuscht, weil wir nicht in die Kirche gingen oder nicht beteten? Aber wenn ich abends in den Himmel schaute, mir die vielen Sterne ansah, kam mir schon alles sehr groß und geheimnisvoll vor, da konnte ich mir gar nicht vorstellen, dass es Gott nicht gab. Dann wurde der Nachthimmel zu einer einzigen riesigen Gestalt über uns, die uns vielleicht ja auch begleitete und über uns wachte. Und dann dachte ich: »Gott muss der Sternenhimmel sein. Gott ist sternhimmelvoll.«

Meine Mutter sagte, man könne Gott spüren, wenn man sich der Unendlichkeit gewahr wurde und begriff, dass das Leben ein Geschenk war. Man könne, aber müsse nicht in die Kirche gehen, um an Gott zu glauben. Das eine habe mit dem anderen absolut nichts zu tun. Wir gingen nur zu Ostern und zu Weihnachten in die Kirche.

Ich glaubte natürlich nicht mehr ans Christkind, aber meine Mama meinte, im Grunde kennten wir die Wahrheit nicht. Vielleicht gab es das Christkind wirklich, nur brachte es eben nicht die Geschenke, die unter dem Christbaum lagen. Vielleicht gab es Engel, die so aussahen, wie wir uns das Christkind vorstellten, die auf uns aufpassten – und das war auch ein Geschenk. Ein viel größeres. Das wäre doch schön. Dann wäre man nie alleine.

Manchmal stellte ich mir vor, dass ich einen persönlichen Schutzengel hatte und redete mit ihm. Es sah dann immer so aus, als würde ich mit mir selbst reden und oft kam ich mir dabei etwas merkwürdig vor. Aber man musste nur einmal die Leute in ihren Autos beobachten! Viele hatten Kopfhörer im Ohr und redeten auch mit jemandem, obwohl sie ganz alleine im Auto saßen. Das sah auch merkwürdig aus, aber niemand störte sich daran.

Im Radio spielten sie einen coolen Song, der mich ablenkte, sodass wir nicht weiter darüber sprachen. Ich habe den Refrain mitgesungen, obwohl ich den englischen Text gar nicht verstand.

An der Schule stieg ich aus. Meine Mama teilte mir kurz mit, dass sie eine wichtige Besprechung in einer anderen Stadt habe, sofort zum Flughafen müsse, schon spät dran sei und mich um sechzehn Uhr wieder rechtzeitig an der Schule abholen würde.

Sie hatte es offensichtlich wirklich sehr eilig an diesem Tag, denn sie fuhr gleich los, ohne wie üblich noch den kurzen Moment abzuwarten, bis ich durch das Schultor ging. Meistens drehte ich mich sogar noch einmal um, schickte ihr ein Flug-Küsschen, das auf ihre Wange klatschte, so als hätte sie ein Tennisball mit voller Wucht im Gesicht getroffen. Ich musste dann immer lachen.

Der Schultag war ganz normal. Florian hielt an diesem Tag ein Referat über den Mond. Er erzählte uns, dass der Mond für Ebbe und Flut verantwortlich sei. Das hatte ich nicht gewusst. Immer mal wieder habe ich mich zwar gefragt, wohin das Meer hinfloss, wenn Ebbe war, denn es konnte ja nicht einfach verschwinden. Florian hat auch über Apollo 11 berichtet und der Landung auf dem Mond. Ich wollte meine Omi fragen, ob sie sich noch an den Tag erinnern könne. Ich habe mich auch gefragt, ob an dem Tag der Mondlandung Vollmond gewesen war und ob man von der Erde aus die Männer auf dem Mond hatte sehen können. Astronauten waren mutige Menschen, fand ich, denn ich glaubte nicht, dass ich mich trauen würde, mit einer Rakete ins All zu fliegen.

»Es ist sicher sehr gefährlich, aber auch total aufregend, den Sternen näherzukommen und die Erde nur noch als einen kleinen blauen Ball zu sehen«, überlegte ich. »Und vielleicht trifft man ja dort ganz weit oben auf Gott?«

Im Universum gab es Abermillionen von Galaxien, die wieder aus Abermillionen Sternen bestanden. Wenn man sich nur einmal überlegte wie groß das Universum war, kam man ins Staunen, da blieb einem der Atem weg. Das musste man sich einmal wirklich überlegen. Wenn ich mir längere Zeit über die Größe des Universums Gedanken machte, kam ich zu dem Schluss, dass man sich das eigentlich gar nicht vorstellen konnte. Wie sollte man sich auch Unendlichkeit vorstellen können?

Wie gesagt, der Schultag war wie immer. Aufregend wurde es erst später, aber alles der Reihe nach.

Ich verbrachte den ganzen Tag in der Schule. Die meisten Kinder in meiner Klasse blieben auch den ganzen Tag. Wenn die Aufgabenstunde vorbei war, waren wir meistens im Garten. Meine Mama sagte, es sei ein Glück einen so großen Garten in der Schule zu haben, und ich fand, sie hatte recht.

Irgendwann war es dann sechzehn Uhr und meine Mama war nicht da. Es war noch nie vorgekommen, dass mich niemand abholte. Manchmal, wenn Mama verhindert war, kam auch Rosie. Rosie war eine ältere Dame, die im Mezzanin unseres Hauses wohnte. Sie war pensionierte Mathematik- und Geschichtsprofessorin, lebte allein und war sehr hilfsbereit. Ab und zu, wenn meine Mutter ausging, passte Rosie auch abends auf mich auf. Jedenfalls stand ich schon fertig beim Schultaschenplatz, aber weder meine Mutter noch Rosie kam. Ich wartete, bis ich die letzte in der Schule war.

»Theo«, sagte Victoria, unsere Nachmittagsbetreuerin, »du bist noch da?«

Victoria wollte die Schule schließen und versuchte deshalb mehrmals, meine Mama anzurufen, aber sie hat nie abgehoben. Zu Schulbeginn in der ersten Klasse hatte jedes Kind drei Telefonnummern von Familienmitgliedern angeben müssen, die man im Notfall anrufen könnte. Wir hatten Mamas, Omis und Iwos Nummer hinterlegt. Die Omi war Mamas Mutter und Iwo war Mamas Freund, aber auch die beiden waren nicht zu erreichen. Omi war im Urlaub in Spanien und bei Iwo war dauernd besetzt. Andere Telefonnummern hatten wir nicht.

»Ich kann alleine nach Hause gehen!«, sagte ich zu Victoria. »Außerdem habe ich ja einen Wohnungsschlüssel, der ist immer in meiner Schultasche, hier im vordersten Fach, für den Fall, dass Rosie mich abholt.« Ich kramte in meiner Schultasche und zog den Wohnungsschlüssel heraus, um ihn ihr zu zeigen.

Victoria wollte sich jedoch nicht sofort geschlagen geben und probierte es erneut bei Iwo. Der hatte dann endlich sein Dauergespräch beendet und sie konnte mit ihm sprechen, um zu erfahren, dass er nicht in Wien war und mich deshalb nicht abholen konnte. Iwo wohnte und arbeitete drei Autostunden von Wien entfernt und war nur an den Wochenenden bei uns.

So hat mich Victoria dann doch alleine gehen lassen, nachdem Iwo ihr sein Einverständnis gegeben und ihr versichert hatte, dass die Mama sich wahrscheinlich nur verspätet hatte. Sicher würde sie ihn anrufen und dann könne er ihr ja sagen, dass ich zu Hause sei. Allerdings musste ich versprechen, mich an drei wichtige Regeln zu halten: 1. Nicht auf den Balkon gehen. 2. Kein heißes Wasser aufstellen. 3. Niemandem die Tür öffnen. Die konnte ich schon im Schlaf aufsagen.

Ich verließ das Schulgebäude und Victoria sperrte das Haupttor zu. Wir verabschiedeten uns und gingen in unterschiedliche Richtungen.

Ich ging zur U-Bahn Station. Den Weg kannte ich. Mit Rosie fuhr ich auch immer U-Bahn und inzwischen kannte ich alle Stationsnamen auswendig. Am Hauptbahnhof stiegen immer ganz viele Leute aus und für die letzten zwei Stationen fanden wir in der Regel einen Sitzplatz. Rosie saß lieber in der U-Bahn, ihr wurde immer so leicht schwindlig.

Von der U-Bahn-Station aus musste ich noch ungefähr zehn Minuten zu Fuß bis zu unserer Straße gehen und die Hauptstraße überqueren. Auf dem Zebrastreifen sprang ich von einem weißen zum nächsten weißen Streifen. Wie immer, wenn ich über diesen Zebrastreifen ging, dachte ich mir ein Spiel aus: Wenn ich es schaffte, immer nur mit einem Fuß ausschließlich auf die weißen Felder zu springen, ohne die schwarzen zu berühren, würde ein spezieller Wunsch in Erfüllung gehen. Bevor ich den ersten Streife berührte, kniff ich kurz die Augen zu und wünschte mir: »Lass bitte meine Mama bald nach Hause kommen und alles ist gut!« Ich schaffte es und war beruhigt. Also würde sie bald kommen.

Es war ziemlich windig, sodass meine Augen zu tränen begannen. Ich schirmte sie ab, hob meinen Blick und beobachtete die Wolken, die verschieden große Schatten auf die Dächer der Stadt warfen. Sie bewegten sich am Himmel mit einer unfassbaren Geschwindigkeit.

Gemütlich schlenderte ich das letzte Stück über die Eisenbahnbrücke, blieb kurz stehen und schaute den Zügen nach, die unter mir durchfuhren. Ich ging weiter und sah schon von Weitem, dass vor dem *Unter uns* ein Rettungswagen stand, der kurze Zeit später mit Blaulicht an mir vorbeirauschte. Ich blickte ihm nach. Die kleine Menschenmenge, die sich vor dem *Unter uns* gebildet hatte, löste sich langsam auf.

Ich ging die letzten Meter weiter und genoss es, alleine zu gehen. Wenn man alleine ging, konnte man über vieles nachdenken, ohne dass man jemandem zuhören musste. Ich mochte es nicht, wenn die Leute ununterbrochen redeten. Manche redeten Wortkilometer pro Minute, als würde ihr Leben davon abhängen, dass sie redeten. So schnell konnte ich gar nicht denken, wie manche redeten!

Ich sah, wie Camille mit ihrem Lieferwagen in die Straße bog. Der Lieferwagen war unverwechselbar, ein ziemlich alter VW Bus, blassgrün lackiert, mit dem gleichen rosa Schriftzug wie über ihrem Blumengeschäft.

Unsere Wohnung lag im vierten Stock eines auffallend schmalen und alten Hauses. 1891 stand oberhalb der Haustür, die so hoch und so schwer war, dass ich mich mit meinem ganzen Gewicht dagegen lehnen musste, während ich den Schlüssel umdrehte, um sie zu öffnen. Das Schönste an unserer Wohnung war, dass wir weit über Wien sehen konnten. Glücklicherweise war das Münzamt viel niedriger als unser Haus und gab diesen wunderbaren Blick frei.

Wir hatten auch einen kleinen Balkon zum Innenhof mit einem weißen Metalltisch und zwei Sesseln und jede noch so kleine freie Fläche hatte meine Mutter mit Blumentöpfen zugestellt.

Ich lief die Treppen der vier Stockwerke bis zu unserer Wohnung hinauf, atmete tief durch und sperrte auf.

»Mama, bist du da?«, rief ich. Stille. Eine beunruhigende Stille. Sie war nicht da. Natürlich war sie nicht da, sonst hätte sie mich ja abgeholt. Sie hätte ja aber auch in der Zwischenzeit kommen können!

Ich stellte meine Schultasche ab, rannte drei Stockwerke wieder hinunter ins Mezzanin zu Rosie und läutete. Nichts rührte sich. Rosie war nicht zu Hause. Ich ging zurück in unsere Wohnung, setzte mich auf das Sofa und wartete. Ich horchte auf den Aufzug und auf die Geräusche der Straße.

Wie lange ich so gesessen habe, weiß ich nicht mehr. Es kam mir jedenfalls wie eine Ewigkeit vor. Ewigkeiten können Minuten dauern oder auch Stunden und manchmal vielleicht sogar noch länger. Ich ging in mein Zimmer und überlegte, ob ich etwas spielen könnte, aber eigentlich hatte ich keine sonderliche Lust dazu. Um die Zeit zu überbrücken, aß ich den Rest von meinem Jausenbrot.

Hier zu Hause war ich nicht mehr froh, alleine zu sein. Ich sehnte mich so sehr nach meiner Mutter. Wie gerne hätte ich in diesem Augenblick gespürt, dass sie mich in die Arme nahm. Zum ersten Mal stellt ich fest, dass Einsamkeit wehtun kann. Sie drückt so schwer auf die Brust und sticht im Herzen. Und das Erschwerende an der Einsamkeit ist: Sie lässt sich nicht mitteilen, weil ja niemand da ist.

Draußen auf der Straße hörte ich ein lautes Lachen. Ich ging zum Fenster und schaute neugierig hinaus. Vor dem *Unter uns* standen ein paar junge Leute, die fröhlich waren. Komisch, dass mich die Fröhlichkeit der anderen in diesem Moment so bedrückte, wo sie doch sonst eher ansteckend wirkte. Einer der jungen Leute blickte zu mir hoch und lachte wieder laut auf. Mir kam es vor, als würde er mich auslachen, als würden sich die anderen da unten auf der Straße über mich lustig machen. Schlagartig stiegen mir die Tränen in die Augen. Schnell schloss ich das Fenster und verkroch mich wieder im Wohnzimmer.

Wir hatten kein Festnetztelefon, sodass ich nicht einmal jemanden anrufen konnte. Ich wusste einfach nicht, was ich machen sollte. Mein Herz klopfte wie verrückt und ich wurde unruhig. Und immer, wenn ich unruhig wurde, begann eines meiner Beine zu zappeln. Ich bemerkte es, hielt es still und schon kurze Zeit später ging es wieder los. Dann holte ich mir einen Keks aus der Lade, knabberte ihn an und legte ihn wieder weg. Ich starrte auf die Uhr, aber die Zeiger bewegten sich kaum. Meine Mama kam nicht.

»Was wäre, wenn sie nie mehr kommen würde?« Nie mehr war etwas, das mir abgrundtiefe Angst bereitete. Es war so endgültig. Etwas Schönes kam nie wieder. Ich fand diesen Gedanken schon damals schlimm.

Wenn ich mir Fotos anschaute, kam oft das gleiche Gefühl in mir auf. Im Vorzimmer hingen an einer Magnetwand ganz viele Fotos von uns. Jedes Foto hielt nur einen ganz kurzen Augenblick fest, der auch nie wiederkam, auch wenn man versuchte, ihn mit dem Foto zu konservieren. Aber so wie auf dem Foto wird es nie wieder sein, denn die Geschichte dahinter ist vorbei.

Ich ging zur Wand und schaute mir die Fotos an. Da hing auch ein Foto von meiner Mama im Alter von acht Jahren mit ihrer Oma und eines von mir im gleichen Alter mit meiner Omi daneben. Omi und ich haben die gleiche Pose eingenommen, so wie damals meine Mama mit ihrer Oma. Das war sehr lustig. Es war leicht, die gleiche Körperhaltung einzunehmen, aber den Gesichtsausdruck haben wir nicht so gut hinbekommen. Ich fand, meine Mama zeigte auf dem Foto ein trauriges Lächeln, meines war ein bisschen verschmitzter.

Meine Uroma habe ich nie kennengelernt, sie starb, als meine Mama zehn war. Meine Uroma habe nie außerhalb von Österreich Urlaub gemacht, erzählte mir Mama einmal. Ganz schön traurig musste das sein, wenn man so lange auf der Welt war und nie das Meer mit seinen vielen Blautönen bewundern konnte oder den Eiffelturm oder die Blumenbilder von Monet.

Die Stille in der Wohnung beunruhigte mich sehr. Ich hätte mir ein Hörbuch anhören oder den Fernseher einschalten können, aber mir war nicht danach. Ich war viel zu unruhig.

Ich war so sehr damit beschäftigt, auf jedes Geräusch zu achten, zu lauschen, ob sie endlich kam, dass es mir unmöglich war, mich etwas anderem zu widmen. Ich aß meinen angeknabberten Keks auf. Dann nahm ich die Schlüssel, zog meine Jacke an und eilte hinunter auf die Straße. Im Vorbeigehen läutete ich noch einmal bei Rosie und wartete. Es blieb still.

Nun stand ich vor der Eingangstür auf der Straße und schaute den Menschen zu, die vorbeigingen. Camilles Lieferwagen stand noch neben ihrem Blumengeschäft und sie lud zwei Zitronenbäumchen und vier große Töpfe mit rosa Hortensien ein. Unser Nachbar aus dem obersten Stock kam nach Hause. Als er mich sah, verzog er den Mund zu einem angedeuteten Lächeln und grüßte. Ich grüßte zurück. Er blieb kurz stehen und trällerte:

»Mein Gott, du bist ja schon wieder gewachsen. Du bist ja schon eine junge Dame!« Ich lächelte verlegen, scharrte mit den Füßen am Boden und hüpfte dann von einem Bein auf das andere.

Ich konnte es nicht leiden, wenn Erwachsene so einen zuckersüßen Ton anschlugen, sobald sie mit Kindern sprachen. Er hatte ein aufgesetztes Lächeln. Das merkte ich daran, dass die Augen beim Lächeln nicht mitstrahlen. Das lässt sich gut beobachten!

Immer wieder im Leben begegnen einem Menschen, von denen man denkt, dass es nicht echt ist, wenn sie höflich sind. Wenn jemand so übertrieben höflich war und sich in seiner Liebenswürdigkeit fast überschlug, verunsicherte mich das, es wirkte so unehrlich. Meine Mama sagte dazu auch: »Übertriebene Höflichkeit ist äußerer Schein und dieser Schein kann trügen. Wahrheit ist viel wichtiger als Höflichkeit. Es ist besser, wahrhaftig zu sein und den anderen mit

Respekt zu begegnen. Man kann so und so spüren, wie jemand über einen denkt.«

Kurz überlegte ich, ob ich ihn nach seinem Telefon fragen sollte. Gerne hätte ich noch einmal versucht, meine Mama anzurufen, ließ es dann aber bleiben und er verschwand im Haus.

Jedes Mal, wenn ein Auto vorbeifuhr, hoffte ich, dass es ihr Wagen sein würde. Die Vorstellung, in die leere Wohnung zurückzukehren, machte mir Angst. Das letzte Mal, als ich so große Sehnsucht nach meiner Mama hatte, war, als ich eine Woche bei meinem Papa war. Da habe ich abends mit Mama telefoniert und ein bisschen geweint. Sie hat mich getröstet und gemeint, es sei gut wenn man das Gefühl der Sehnsucht kenne, denn dann wisse man bestimmt, dass man den anderen liebe. Schlimmer wäre es, man würde nie wissen, wie sich Sehnsucht anfühlt, denn dann würde man niemanden so sehr lieben, dass man sich nach ihm sehne.

Ich verstand das schon, aber was nützte das in dem Moment, wenn man wirklich Sehnsucht hatte? Das Gefühl war ja trotzdem da. Die Traurigkeit verschwand deshalb nicht.

Ich warf einen beiläufigen Blick auf das *Unter uns*. Die jungen Leute waren nicht mehr da. Es war jetzt ruhig in unserer Straße, nur ab und zu fuhr ein Auto vorbei. Eine Frau ging mit einem kleinen Mädchen auf der anderen Straßenseite entlang. Sie blies Seifenblasen in die Luft. Der Wind war so kräftig, dass sie schnell in die Höhe flogen und dann gleich wieder zerplatzten. Ich ging vor der Haustür auf und ab und versuchte, einen größeren Kieselstein auf dem Rand des Gehsteigs zu balancieren. Der Stein rollte bis vor Traugotts Laden.

»Traugott!«, dachte ich freudig. Durch das Schaufenster sah ich, wie Traugott auf einer Leiter vor einem seiner

Bücherregale stand und Bücher einsortierte. Traugotts Laden war noch offen und plötzlich war ich völlig erleichtert.

»Natürlich, ich gehe zu Traugott. Der wird mir bestimmt weiterhelfen.« Ich hob den Stein auf, steckte ihn in meine Hosentasche und öffnete die Tür. Dabei bemerkte ich, dass der Stein aussah wie ein kleines Herz.

***

Kapitel 4

Simon und ich lernten uns in einem Transferbus kennen. Unser Flug von Paris nach Wien wurde umgeleitet und wir landeten außerplanmäßig in Budapest. Der Schneefall war am Nachmittag so ergiebig und ausdauernd gewesen, dass der Flugbetrieb in Wien eingestellt worden war. Wir warteten ewig. Rund um mich herum, gab es nur fragende und aufgeregte Gesichter – und Simon. Simon wirkte so entspannt, dass sein fröhlicher Gesichtsausdruck inmitten der gereizten Menge fast schon unanständig erschien.

Die Leute waren ungeduldig und sahen immer wieder auf die Uhr. Wir wurden in zwei Busse verfrachtet. Simon stand hinter mir in der Schlange und als ich mich umdrehte, lachte er mich an. Sein Lachen war wie ein heller Lichtstrahl. Ich stieg ein und er setzte sich ganz selbstverständlich auf den freien Platz neben mir. Er teilte mit mir sein Salami-Sandwich und dazu zauberte er aus seinem Rucksack eine Flasche edlen Rotweins, die eigentlich für das Weihnachtsfest gewesen wäre.

»Budapest schauen wir uns ein anderes Mal an, einverstanden?«, sagte er und seine grünen Augen blitzten auf, während er mit einem Leatherman die Flasche öffnete. »Vielleicht im Frühling, wenn es wärmer ist?«

Es war unser erstes Date, vier Tage vor Weihnachten, vor fast zehn Jahren. Der Schnee fiel dicht und geräuschlos durch die dunkle Nacht und es war die schönste Transferfahrt meines Lebens.

Wir trafen uns am nächsten Abend und am Übernächsten und von da an schliefen wir keine Nacht mehr alleine. Auch nicht zu Weihnachten. Wir waren unwahrscheinlich ineinander verliebt, telefonierten drei Mal am Tag, kauften dieselben Winterhauben, gingen Schlittschuhfahren, verwechselten unsere Zahnbürsten.

Im Frühling fuhren wir nicht nach Budapest. Wir zogen in eine hübsche Wohnung ans andere Ende der Stadt mit einer kleinen Terrasse mit Blick ins Grüne und einem Kinderzimmer. So wie viele junge Paare es sich wünschen, wenn sie jung sind und Pläne schmieden. Wir waren glücklich und wünschten uns nur, zusammen alt zu werden.

Wir träumten von einer eigenen Familie und Kindern. Man braucht Gott nicht, wenn man glücklich ist. Man muss sich nicht an ihn wenden. Man vergisst ihn. Wenn die Sinne verwöhnt sind und es das Leben gut mit einem meint, vergisst man nicht nur Gott, sondern auch sich selbst.

Dann kam Nico und unser Glück war perfekt. Simon arbeitete mehr, weil die Verantwortung jetzt größer war, wollte mehr verdienen, arbeitete noch mehr und irgendwann waren wir weniger verliebt. Das geschah schleichend, ich weiß nicht mehr genau, wann es begonnen hat. Er war ein hervorragender Osteopath und seine Hände waren sanft und bewirkten Wunder. Und je mehr Wunder er vollbrachte, desto begehrter wurde ein Termin bei ihm.

Dann kam eine Fehlgeburt. Das Herz hatte einfach aufgehört zu schlagen. Ich kam aus dem Krankenhaus und konnte nicht aufhören zu weinen. Simon legte seine Hände auf den Nacken einer der vielen Damen, die unter Verspannungen litten, während ich fast an meinen Tränen erstickte und mir nur wünschte, dass seine Hände mich umarmten. Mich, meinen Schmerz und meinen Bauch, der so leer war.

Die Damen mit den Verspannungen stellten sich an und wahrscheinlich wählte er eine aus. Ich roch das neue Rasierwasser, ich sah neue Hemden. Ich spürte sein schlechtes Gewissen, verstand die noch längeren Arbeitszeiten, die Einsilbigkeit seiner ausweichenden Antworten und wusste, dass er mich betrog.

Ich liebte Simon und ich liebte ihn wahrscheinlich auch noch, als er mir zu verstehen gab, dass wir ihn nur noch am Leben hinderten. Mein Kummer schien ihm erträglich. Ich hatte ihm meinen Schmerz auf eine für ihn erträgliche Art und Weise gezeigt. Ich schwieg und litt still vor mich hin. Und mein Schweigen kam einem Einverständnis gleich.

Nico nahm er in den letzten Wochen kaum noch mehr in den Arm, vermutlich, damit es ihm weniger wehtat, wenn er ging. Was für eine elende, verworrene Zeit!

Ich lege das Notizbuch zur Seite, gehe ins Badezimmer, halte meine Hände unter das kalte Wasser und wasche mir das Gesicht. Ich denke an Traugott. Alleine die Vorstellung seines Lächelns ist wie eine lindernde Umarmung. Traugott hat mich gelehrt, dass es nichts Zufälliges geben kann, dass es im Leben kein Versehen gibt und dass jede Schneeflocke zur rechten Zeit am rechten Ort landet. Simon und ich – wir waren nie wieder in Budapest.

Je mehr ich an Traugott denke, desto mehr kommen mir bruchstückhaft wieder seine Worte in den Sinn:

»Sei geduldig. Wer Geduld hat, versteht, dass er immer jetzt am richtigen Ort ist. Muße ist nicht Trägheit, genauso wenig wie Zufriedenheit Stagnation bedeutet. Wer Muße hat, ist reich, denn er hat immer ausreichend Zeit für das, was ihm das Leben jetzt gerade bietet.«

Traugott hatte es sich zur Angewohnheit gemacht, auf die kleinen Dinge zu achten, die das Leben uns allen schenkt, und zu vertrauen, dass jeder so wie er ist geliebt wird. Er hatte mich aufgefordert, die Priorität meiner Werte zu überdenken und neu zu sortieren.

Ich setze mich auf das Sofa mit der beängstigenden Einsicht, wie wenig ich mich im Leben und mit mir selbst auskenne. Auf der dritten Seite von Traugotts Notizbuch findet sich nur ein Satz und ein Pfeil fordert zum Umblättern auf.

Know you are loved →

3. Notiz (die Erklärung dazu)
Es ist wirklich sehr einfach: Es gibt zwei Wünsche, nach deren Erfüllung alle Menschen permanent streben. Nur diese zwei. Und darum dreht sich die ganze Welt. Der eine ist der Wunsch nach Liebe und der andere der Wunsch nach Anerkennung.
All unser Streben lässt sich auf diese zwei Wünsche reduzieren. Jeder von uns will geliebt und anerkannt werden. Wir streben danach in einem Ausmaß, als würde unser Leben davon abhängen. Die Erwartungen und Befürchtungen hinsichtlich dieser beiden Wünsche mögen unterschiedliche Ausprägungen haben, die Wurzel ist jedoch immer dieselbe.

Du willst geliebt werden – so wie du bist, für das, was du bist. Und du suchst diese Liebe im Außen. Du willst sie von anderen bestätigt wissen. Wenn du verstanden hast, dass du so wie du bist bereits geliebt wirst, brauchst du im Außen nicht mehr zu suchen. Liebe von außen ist ein Konstrukt, das irgendwann zusammenbricht. Denn in der polaren Welt ist nichts einseitig von Dauer. Jeder Pol hat seinen Gegenpol und Mensch zu sein heißt, die Erfahrung der Polarität zu machen.

Du wünschst dir, geliebt zu werden, und glaubst, dass du dir diese Liebe verdienen müsstest! Du malst ein Bild von dir selbst, dem du entsprechen möchtest, und siehst zu, dass du diesem Bild ähnlich wirst. Du glaubst, dass wenn du diesem Bild entsprichst, du dir die Liebe verdienen könntest! Mehr noch, du glaubst sogar, du hättest dann einen Anspruch auf die Liebe, weil du an diesem Bild akribisch feilst, und bist enttäuscht, wenn es nicht so ist. Welche Anstrengungen du permanent unternehmen musst, damit sich der Wunsch nach Liebe für dich erfüllt!

Selbst wenn er sich für dich eine Zeit lang erfüllt, ist die Befriedigung nur von kurzer Dauer: Entweder es keimen neue Wünsche auf oder du hast Angst, sie wieder zu verlieren. Du lebst immer in der Polarität von Erwartung und Befürchtung.

Wahr ist vielmehr, dass du dir diese Liebe nicht verdienen musst. Du kannst sie dir gar nicht verdienen, weil du so wie du bist, schon geliebt bist.

Du musst keinem anderen Bild entsprechen als jenem, das Gott von dir schon gezeichnet hat! So wie

du bist, bist du von Gott gewollt. Sonst wärst du gar nicht hier auf Erden!
Du musst nichts an Gottes Werk verbessern, korrigieren oder berichtigen. Denn das würde bedeuten, Gott nicht dafür wertzuschätzen, was er in dir veranlagt hat, und dich nicht wertzuschätzen für das, was du in dieser Welt zum Ausdruck bringen sollst. Und wenn du selbst nicht wertschätzt, was Gott in dir veranlagt hat, kannst du auch jene nicht wertschätzen, die dich lieben, und damit kann diese äußere Form der Liebe auch nicht beständig sein.
Du stellst nicht nur dich selbst infrage, sondern auch jene, die dich lieben, und am Ende auch Gott selbst.
Die Anerkennung messen wir in den unterschiedlichsten Einheiten: Es geht um Status, um Wohlstand, um Macht, um Intelligenz, um Aussehen – je nachdem, was uns gerade am meisten fehlt oder von dem wir glauben, dass es uns am dienlichsten ist, um Anerkennung wirksam im Außen finden zu können und von anderen bestätigt zu wissen.
Anerkennung von außen ist auch ein Konstrukt, das niemals ewig standhalten kann: Denn selbst der mächtigste Mensch, wird im Angesicht des Todes all seine Macht abgeben und sie Gott aushändigen müssen. Selbst der reichste Mensch wird sich irgendwann von seinem Reichtum trennen müssen und auch das attraktivste Gesicht und der sportlichste Körper werden altern und irgendwann erschlaffen. Alles, wonach ihr strebt, ist vergänglich. Vergänglichkeit ist die Natur aller Dinge.

Du willst anerkannt werden für das, was du bist, für deine Werke und deine Taten? Erkenne dich selbst an, erkenne Gott in dem an, was er in dir und durch dich zum Ausdruck bringt. Und du wirst Demut und Dankbarkeit empfinden für das, was du bist, und nicht mehr nach Liebe und Anerkennung im Außen suchen.

Du wirst verstehen, dass dich Gott anerkennt, so wie du bist, und dass du nichts tun oder sein musst, um dir diese Anerkennung zu verdienen, weil sie gottgegeben ist. Suche nicht im Außen das, was im Inneren bereits vorhanden ist. Wende dich nach innen, lebe von innen nach außen und erfahre in dir Gottes Liebe und Anerkennung.

Weil du im Außen immer nur versuchst, deine Wünsche zu erfüllen, ist dein Leben anstrengend. Du wendest ein hohes Ausmaß an Energie auf, um permanent einem Bild zu entsprechen, das du dir selbst auferlegst. Du tust Dinge, von denen du meinst, dass sie dir die Anerkennung bringen, der du glaubst zu bedürfen. Du läufst immer selbst gesteckten Erwartungen hinterher, weil an ihnen dein Glück zu hängen vermag. Aus einem Bedürfnis entstehen immer Zwang und Perfektionismus. Und Zwang ist das Gegenteil von Freiheit. Deshalb fühlst du dich gefangen. Du nimmst dir selbst deine Freiheit.

Erkenne dich selbst an, dann kannst du frei sein, frei handeln. Du tust dann nur noch Dinge, die dein Ausdruck von Gott sind, und nicht mehr ausschließlich solche Dinge, die Ausdruck deiner Bedürfnisse nach Liebe und Anerkennung von außen sind.

Wünsche sind ein Fass ohne Boden, denn kaum sind sie erfüllt, entstehen neue Wünsche, die als Nächstes erfüllt werden wollen. Denn auch die Befriedigung der Wunscherfüllung ist vergänglich.
Stell dir vor, jeder würde erkennen, dass er so wie er ist anerkannt und geliebt ist. Jeder wäre frei in seinen Handlungen und müsste nicht permanent versuchen, seine Wünsche nach Liebe und Anerkennung zu erfüllen. Das wäre ein Leben in Freiheit und Harmonie, in dem jeder in jedem Gott erkennen würde. Dann wäre jeder frei von seiner Bedürftigkeit und könnte sich in Freiheit seinen tiefsten Sehnsüchten und seiner ureigenen Lebensaufgabe zuwenden. Das wäre das Paradies.

Ja, es ist so. Die meisten wollen nur geliebt werden und strengen sich dafür außerordentlich an. Ganze Industrien leben ziemlich gut davon, dass die Menschen Liebe und Anerkennung brauchen. Mode, Sport, Diäten, Kosmetik, Wellness ... Die Liste ist lang. Wie wäre die Welt, wenn die Menschen in dem Ausmaß lieben würden, wie sie geliebt werden wollen?

Ist es wirklich Liebe, wenn ich mich an Simon festklammere? Ist es Liebe, wenn ich ihn gefühlsmäßig für mein Glück so sehr brauche?

4. Notiz
Wenn du mit deinem Leben nicht zufrieden bist, dann denke neu, erfinde dich neu. Male dir in den schönsten Farben ein neues Leben aus und lass das alte los. Schau nicht zurück.

Du kannst nicht am alten Leben hängen, es beklagen, es bedauern und gleichzeitig dein neues Leben entwerfen wollen. Nimm ein neues Blatt Papier, ein unverbrauchtes, leeres Blatt, und male dir deine erhabensten Wünsche aus. Überlege, wie du dein Potenzial und deine Talente am besten zum Ausdruck bringen kannst, und mache dich auf den Weg. Beklage nicht, was jetzt ist – du hast es so gewählt –, sondern akzeptiere, dass du so gewählt hast, und mache dich auf zu neuen Ufern.

Warte nicht auf ein Ereignis im außen, um dich auf den Weg zu machen, es kommt jetzt nicht.

Wirkliche Veränderungen finden von innen nach außen statt, nicht von außen nach innen.

Du musst über den Tellerrand hinausblicken. Es gibt nichts, was du zu beklagen hättest. Das Leben meint es gut mit dir. Du hältst an dem Vertrauten fest, du hast Angst, es loszulassen, weil es dir Sicherheit gibt. Aber das ist nur eine scheinbare Sicherheit. Es gibt nichts im Leben, das man festhalten könnte. Du musst alles loslassen, damit es zu dir zurückkommt. Nichts, woran du festhältst, wird dich auf Dauer glücklich machen.

Loslassen heißt, etwas freigeben. Nichts ist von Dauer. Alles, was besteht, ist dem Wandel unterworfen. Bewege dich mit dem Wandel und denke neu. Was du festzuhalten versuchst, kann sich nicht verändern.

Durch dein Festhalten versuchst du, ein universelles Gesetz zu unterbinden. Was du festhältst, kann sich nicht weiterentwickeln. Was du festhältst, kann nicht wachsen, es kann sich nicht entfalten, es verdirbt in deinen Händen. Das was du am meisten liebst und am meisten fürchtest, musst du loslassen.

Loslassen heißt, es gehen zu lassen, keine Erwartungen und Befürchtungen mehr zu hegen, es einfach sein zu lassen. Keine Emotionen aufkommen zu lassen. Das ist ein Prozess und je höher der Leidensdruck, desto eher wirst du immer darauf gestoßen, es zu praktizieren. Dafür bedarf es der Geduld, der Ausdauer und der Disziplin.

Bei geringem Leidensdruck wird es an Disziplin mangeln, je höher aber der Leidensdruck, desto höher wird deine Bereitschaft sein zu verändern.

Ich lausche dem Regen, der jetzt auf die Dachrinne des gegenüberliegenden Hauses klopft. Ich betrachte Simons Foto und lege es in die Schachtel. Er wollte uns nicht genug, um bei uns zu bleiben. Vorläufig.

***

Kapitel 5

Sanft klingelte ein Glockenspiel, als ich eintrat. Dabei umklammerte ich mit der linken Hand den Herzstein in meiner Hosentasche, als könnte ich mich an ihm festhalten. Traugott stand auf einer Holzleiter, drehte den Kopf zur Eingangstür und grüßte mich freundlich. Ich war erstaunt, dass er meinen Namen kannte. Zuerst dachte ich, ich hätte mich verhört, aber er sagte tatsächlich:

»Grüß Gott, Theo.«

»Hallo Traugott«, antwortete ich. »Woher kennst du meinen Namen?«

»Nun, ich habe ihn deine Mutter einmal rufen gehört und er ist mir im Gedächtnis geblieben. Dein Name ist bedeutungsvoll. Und vielleicht auch, weil er für ein Mädchen eher ungewöhnlich ist«, antwortete Traugott und stieg von der Leiter hinunter.

»Wieso ist Theo ein bedeutungsvoller Name?«, fragte ich.

»Nun, Theo heißt Geschenk Gottes und das ist doch wahrlich bedeutungsvoll!« Er beugte sich zu mir herunter und reichte mir die Hand. Sein Händedruck war kräftig und kurz.

Ich schwieg. In die Stille hinein fragte er: »Und woher kennst du meinen Namen, Theo?«

»Er steht in großen Buchstaben da oben über der Eingangstür«, sagte ich und musste kichern. »Ich gehe mindestens zwei Mal am Tag daran vorbei!«

»Ach ja, stimmt, da hast du recht, daran habe ich gar nicht gedacht«, lächelte er, kratzte sich am Kinn und schob seine Brille zurecht.

Traugott wirkte jung. Er hatte auffallend viele Locken und einzelne Strähnen tanzten bei jeder noch so kleinen Kopfbewegung am oberen Rand seiner Brille. Er war groß und sehr schlank, sein weißes Hemd hing ihm aus der Hose. Er schaute mir vielsagend in die Augen. Sein Blick war offen und ehrlich. Die wenigsten Menschen schauten einem wirklich in die Augen. Ich habe das beobachtet. Die meisten machten das nur kurz und dann war es ihnen irgendwie unangenehm und sie schauten weg.

»Theo, hast du geweint? So traurige Augen! Bist du alleine? Wo ist deine Mama?«, fragte er und nahm mir die Jacke ab, als wäre es für ihn ganz selbstverständlich, dass ich länger bleiben würde.

»Das weiß ich nicht. Ich habe vor der Schule auf sie gewartet, aber sie ist nicht gekommen«, antwortete ich.

»Hat sie sich verspätet, was glaubst du? Wollen wir sie einmal anrufen?« Er holte ein Taschentuch hervor und reichte es mir.

»Ja bitte«, ich nicke. »Die Nachmittagsbetreuerin hat es schon versucht, aber sie hat nicht abgehoben.«

Die Telefonnummer meiner Mutter konnte ich seit meinem fünften Lebensjahr auswendig. Sie hatte diese Nummer sehr oft mit mir geübt. »Man kann nie wissen«, hatte sie mehrmals betont. Früher habe man noch alle wichtigen

Nummern auswendig gewusst, aber seitdem man sie einspeichern könne, mache man sich die Mühe nicht mehr. Meine Mutter sagte immer, sie kenne keine einzige Telefonnummer mehr auswendig.

Traugott holte sein Mobiltelefon aus der hinteren Hosentasche. Ich sagte ihm die Nummer an. Es läutete. Niemand nahm ab. Meine Augen begannen sich wieder mit Tränen zu füllen, aber nicht, weil ich so einsam war, sondern weil ich Angst um meine Mama hatte.

»Sie musste zum Flughafen, hatte aber gesagt, dass sie sicher rechtzeitig wieder da ist. Sie war noch nie zu spät«, schluchzte ich. Auf meine Mama konnte man sich wirklich verlassen.

»Hat sie gesagt, wohin sie geflogen ist?«, fragte Traugott nach.

Ich schüttelte den Kopf.

»Sie hatte es sehr eilig. Ich habe auch nicht nachgefragt.«

Traugott schwieg.

»Es kann nicht sehr weit weg sein, wenn sie gesagt hat, dass sie dich um sechzehn Uhr wieder abholt.«

»Ich weiß es wirklich nicht«, erwiderte ich.

Er dachte nach, legte dabei seine Hand über den Mund und verharrte in einer Position, als würde er über etwas ganz Wichtiges nachdenken. Er wirkte plötzlich sehr konzentriert. Es sah so aus, als hätte er sein Lächeln einfach von seinen Lippen genommen, um es in seiner Hand festzuhalten. Nach kurzer Zeit setzte er sein feines Lächeln wieder auf, strich mir mit der Hand über den Kopf und sagte:

»Ich bin mir ganz sicher: Deine Mama ist wohlauf und es geht ihr gut. Wahrscheinlich hat sie sich nur verspätet. Ich würde vorschlagen, dass du ein bisschen bei mir bleibst. Sie wird bestimmt bald kommen, davon bin ich überzeugt.«

»Meinst du wirklich? Aber dann hätte sie doch in der Schule angerufen und Bescheid gegeben. Das hätte sie bestimmt gemacht. Oder sie hätte Rosie angerufen und Rosie wäre gekommen. Rosie holt mich öfter von der Schule ab.«

»Wer ist Rosie?«, fragte Traugott.

»Rosie ist eine ältere Dame, sie wohnt im Mezzanin.«

»Ja«, sagte Traugott, »ich glaube ich kenne sie vom Sehen. Vielleicht ist der Akku ihres Handys leer oder sie hat niemanden erreicht oder sie sitzt noch im Flugzeug. Da kann man ja bekanntlich nicht telefonieren. Es geht ihr gut, ganz bestimmt«, versicherte Traugott.

»Und woher weißt du das?«

Traugott nahm mich bei der Hand und zog mich näher an sich heran. Dann flüsterte er mir etwas zögerlich und leise ins Ohr:

»Gott hat es mir geflüstert! Wir werden einfach gemeinsam warten, bis sie kommt.«

Ich lächelte. Ich war so dankbar, dass Traugott, der mich kaum kannte, so warmherzig aufnahm. Hier war alles so friedlich, Traugott war sicher einer jener Menschen, die einverstanden waren mit der Welt.

»Gott hat dir etwas zugeflüstert?«, fragte ich nach. »Du kannst mit Gott sprechen? Wie machst du das – mit Gott sprechen? Kannst du dich mit Gott unterhalten, weil du Traugott heißt? Ich würde auch gerne einmal mit Gott sprechen.«

Traugott schmunzelte.

»Ich kann es dir erklären. Allerdings könnte das etwas Zeit in Anspruch nehmen – wenn ich so viele Fragen auf einmal beantworten muss. Ich hole uns erst einmal etwas zu trinken.« Er verschwand hinter einem hellgrünen Filzvorhang in der hinteren Ecke seines Ladens.

Es war schon komisch. Manchmal begegneten einem Menschen, die einem völlig fremd waren und einem dennoch so vertraut vorkamen, als würde man sie schon ganz lange kennen. Für Traugott schien es selbstverständlich zu sein, dass ich hier bei ihm war und auch blieb. So als wären wir bereits sehr lange befreundet gewesen.

Da fiel mir plötzlich Allegra ein. Allegra und Pauli waren die Kinder einer Freundin meiner Mutter, die in Belgien wohnten und uns einmal besucht hatten. Allegra war damals vier Jahre alt gewesen und ihr Bruder Pauli acht, so alt wie ich. Das war also vor fast zwei Jahren gewesen.

Ich hatte Allegra noch nie vorher gesehen, aber sie hatte mich begrüßt, als wäre ich ihre beste Freundin. Eigentlich fand ich ja kleine Kinder ein bisschen anstrengend, so wie meine kleine Halbschwester, die ich sah, wenn ich ab und zu bei meinem Vater war. Und ich brach nicht gleich in Entzücken aus, wenn ich ein kleines Mädchen sah, wie das die meisten Erwachsenen taten. Aber Allegra war speziell gewesen. Sie war mir nicht von der Seite gewichen, den ganzen Nachmittag nicht. Sie hatte zu mir gesagt: »Dich kenne ich schon ganz lange, wir sind schon einmal miteinander auf einem Pferd geritten.«

Ich hatte sie nie zuvor gesehen und war auch in meinem ganzen Leben noch nie auf einem Pferd geritten, außer auf dem Karussell auf dem Weihnachtsmarkt. Damals hatte ich gedacht: »Die redet lauter Unsinn, weil sie noch so klein ist.«

Aber weiterhin hatte sie mir erzählt, dass sie auch den Pauli schon ganz lange kannte und sie ausgemacht hatten, zusammen auf die Welt zu kommen. Erst sie und danach der Pauli. Aber Pauli hätte sich nicht an die Vereinbarung gehalten, er wäre schneller gewesen und hätte sich einfach vorgedrängelt. Sie hätte dann noch lange warten müssen.

»Naja, die spinnt gründlich«, hatte ich gedacht, »ganz gewiss.« Aber trotzdem hatte ich immer wieder darüber nachdenken müssen.

Sie war wirklich lieb gewesen, so total anhänglich, und sie hatte unglaublich gut Geige gespielt, das war wirklich unbegreiflich gewesen! Immerhin war sie ja noch so klein gewesen. Der Geigenkasten hatte ihr fast bis zum Kinn gereicht. Komisch, dass mir die Geschichte gerade jetzt bei Traugott einfiel.

Ich sah mich um. Der Buchladen war sehr gepflegt, luftig, mit hohen Wänden und einer breiten Schaufensterfront zur Straße. Es war hell, sauber und freundlich. Alles war ordentlich. Die Bücher reihten sich in den meterhohen, bis unter die Decke emporrankenden Regalen aneinander und ich war überzeugt davon, dass Traugott jedes einzelne blind finden würde. In der Mitte des Ladens standen kleine Tische rund um eine Säule und auf diesen lagen kleine und größere Büchertürme. Die Säule war hellgelb tapeziert und an ihr hafteten bunte Notizzettel mit Zitaten aus Büchern. Darüber stand in großen schwarzen Buchstaben: Wortewand.

Traugott sammelte also Worte, etwa so wie andere Briefmarken, Münzen oder Postkarten sammelten? Ich stand auf, ging zur Säule und las:

Das Hohe Lied der Liebe
Nehmen ohne Liebe macht habgierig.
Sachkenntnis ohne Liebe macht rechthaberisch.
Klugheit ohne Liebe macht gerissen.
Freundlichkeit ohne Liebe macht heuchlerisch.
Besitz ohne Liebe macht geizig.

Ich verstand die Sätze nicht. Ich las noch einmal: Freundlichkeit ohne Liebe macht heuchlerisch.

»Was heißt heuchlerisch?«, rief ich Traugott zu, der hinter seinem Vorhang werkte.

»Hm, das heißt scheinheilig, eben nicht aufrichtig«, erwiderte er und lugte kurz hinter dem Vorhang hervor.

»Warum?«

»Es steht hier auf dem Notizzettel an deiner Wortewand: Freundlichkeit ohne Liebe ist heuchlerisch«, wiederholte ich.

»Jetzt weiß ich, warum die Höflichkeit unseres Nachbarn mir so unehrlich vorkommt. Es fehlt die Liebe. Aber er muss mich ja nicht lieben, er kennt mich ja nicht wirklich«, dachte ich. »Kann man Menschen lieben, die man kaum kennt?«

Traugotts Freundlichkeit fühlte sich ganz anders an. Und auch er musste mich ja nicht lieben, denn er kannte mich genauso wenig. Ich verstand den Satz noch immer nicht.

Ich setzte mich in einen Sessel, der bei einem Tisch vor dem linken Schaufenster stand. Abwechselnd schaute ich hinaus und dann wieder auf meine Beine, die nach vorne und dann wieder nach hinten baumelten.

Camille ging mit ihrem federnden Gang am Laden vorbei. Sie trug ein blau-weißes Blumenbouquet im Arm und wirkte sehr geschäftig. Ich winkte ihr zu, sie lächelte, winkte mir zurück. Danach verschwand sie im nächsten Haustor.

Traugott kam wieder hinter dem Vorhang hervor. Er brachte uns zwei Gläser mit Strohhalmen und frisch gepresstem Apfelsaft. Dankbar lächelte ich ihm zu. Wir tranken und Traugott blies in den Strohhalm, sodass es im Glas nur so blubberte. Ich lachte. Meine Mama mochte das gar nicht. Aber wenn Traugott es schon blubbern ließ, tat ich ihm einfach gleich und wir lachten beide. Die Gläser waren ganz kalt, sie hatten bestimmt im Kühlschrank gestanden. Ich sah auf das beschlagene Glas und verwischte dabei die Abdrücke, die meine Finger darauf hinterlassen hatten. Traugott malte mit dem Zeigefinger ein lachendes Mondgesicht auf sein Glas und drehte es in meine Richtung. Dann verschwand er erneut hinter dem Vorhang und kam kurze Zeit später wieder zurück.

»Erdbeereis?«, fragte er.

»Oh ja, sehr gerne.«

Wir knabberten beide schweigend die Schokoladenglasur herunter, bevor wir in das köstliche Eis bissen. Eigentlich wäre ich ihm am liebsten um den Hals gefallen, so dankbar war ich. Seine Anwesenheit und seine Zuversicht beruhigten mich. In seiner Gegenwart fühlte ich mich in absoluter Sicherheit. Warum, weiß ich nicht. Vielleicht wegen seiner großen dunkelbraunen Augen, die gütig waren und immer lächelten?

Traugott konnte mit den Augen lächeln. Er hatte einen durchdringenden Blick, sodass ich das Gefühl hatte, dass er in mein Herz schauen und meine Gedanken lesen könnte. Ich stellte später immer wieder fest, dass, während er zu mir sprach und ich seine Worte förmlich aufsaugte, gleichzeitig Fragen in mir auftauchten, die er, noch bevor ich sie stellen konnte, schon beantwortete. So als ob er sie irgendwo ablesen könnte.

Nachdem wir das Eis fertig gegessen hatten, stand er auf. Er nahm ein weißes Blatt Papier, befestigte zwei Klebestreifen daran und sagte:

»Du hinterlässt am besten eine Nachricht an eurer Wohnungstür, damit deine Mama sofort weiß, wo du bist, sobald sie nach Hause kommt. Es könnte ja sein, dass wir sie vom Laden aus nicht sehen, wenn sie heimkommt.«

»Das ist eine gute Idee.« Ich nahm den Stift, den mir Traugott entgegenhielt und schrieb auf das Blatt:

Liebe Mama,
ich bin bei Traugott.
Bitte hohle mich ab! Ich warte hier auf dich.
Deine Theo

Ich zog den herzförmigen Kieselstein, der mich zu Traugott geführt hatte, aus meiner Hosentasche.

»Ein hübscher Stein«, sagte er, betrachtete ihn und nahm ein weiteres Taschentuch, um ihn zu polieren. Wir klebten ihn mit einem zusätzlichen Klebestreifen auf das Papier.

Ich lief aus dem Laden. Die bunten Notizzettel an der Säule flatterten im Luftzug, als wollten sie zu Wort kommen und unbedingt etwas mitteilen. Ich drückte unser schweres Haustor auf, rannte die vier Stockwerke hinauf und sperrte die Wohnungstür auf. Den Zettel legte ich ins Vorzimmer auf die weiße Kommode. Das ist der Ort, wo meine Mama immer die Schlüssel und ihre Tasche ablegte, bevor sie die Schuhe auszog. Da würde sie ihn bestimmt nicht übersehen. Dabei fiel mir auf, dass man ›hohle‹ nicht mit stummem ›h‹ schreibt. Naja, das war jetzt auch wirklich nicht wichtig. Sie würde es sicher trotzdem verstehen.

Ich zog die Türe hinter mir zu. Da erschrak ich. Mir fiel plötzlich ein, dass sie ja doch zu Hause sein könnte. Vielleicht war sie krank und lag im Bett und war einfach eingeschlafen? In ihrem Schlafzimmer hatte ich noch gar nicht nachgesehen.

Ich sperrte noch einmal auf und ging schnell ins Schlafzimmer. Sie war nicht da. Das Bett war frisch gemacht. Sicherheitshalber sah ich noch einmal in allen Räumen nach.

»Mama, bist du da?«, rief ich laut … Keine Antwort. Ich schloss die Tür und ging zurück zu Traugott. Im ersten Stock läutete ich noch einmal bei Rosie. Aus Rosies Wohnung drang auch dieses Mal kein Laut.

***

Kapitel 6

Wir schoben den Tisch noch näher zur Auslage, damit wir beide gut auf die Straße sehen konnten, um meine Mutter nicht zu verpassen. Traugott hatte in der Zwischenzeit nochmals ihre Nummer gewählt, landete aber wieder nur auf die Mobilbox. Ich merkte, wie meine Augen wieder feucht wurden und sich mit Tränen füllten. Ich kannte das: Wenn mir die Tränen kamen, konnte ich absolut nichts machen, um sie aufzuhalten. Sie kamen einfach, ohne dass ich es wollte und sehr oft – wie ich empfand – in den unpassendsten Momenten. Hier bei Traugott war es mir egal.

Im Grunde war es ja nicht so, dass ich weinte, sondern dass es mich weinte. Es tropfte aus meinen Augen. Wobei es nur die Bilder im Kopf waren, die mich weinen ließen. Ich fragte mich, ob es möglich wäre, die Bilder irgendwie aus dem Kopf zu bekommen. Außerdem beschäftigte mich eine Frage: Hat man irgendwann alle Tränen geweint, ist man irgendwann leer geweint? Insbesondere, wenn man wirklich sehr traurig ist, könnte es dann sein, dass keine Tränen mehr nachkommen? Mit dem Weinen war es wie mit meinem Bein. Das nämlich fing einfach an zu zappeln, ohne dass ich es wollte.

Da machte der Körper einfach, was er wollte, und nicht, was ich wollte. Plötzlich fiel mir mein Spiel mit dem Zebrastreifen wieder ein. Es ging meiner Mama sicher gut, denn ich war tatsächlich nur auf die weißen Felder gesprungen, ohne eines der schwarzen Felder zu berühren – und außerdem hatte Traugott ja mit Gott gesprochen. Traugott streichelte mir über den Kopf, genauso wie es meine Mama immer machte, wenn ich schlafen ging, und sagte:

»Mach dir keine Sorgen, alles wird gut.« Und dann wischte er mir mit einem Taschentuch die Tränen weg, die gerade meine Wangen hinunterrollten.

Er rief am Flughafen an, um sich rein prinzipiell nach aktuellen Flugverspätungen zu erkundigen. An diesem Nachmittag waren einige Flüge abgesagt worden oder hatten Verspätung: aus Prag, aus München, aus Innsbruck, aus Salzburg. Da wir aber nicht wussten, welchen Flug meine Mutter genommen hatte, war eine weitere Recherche zwecklos.

Inzwischen war es kurz nach halb sechs Uhr abends geworden. Meine Mutter war schon eineinhalb Stunden zu spät. Traugott rückte jetzt seinen Sessel näher an meinen heran, legte seine Hände flach auf meine Knie und machte einen bedeutsamen Gesichtsausdruck:

»Ich erzähle dir jetzt von Gott und der Welt und von Gott weiß was allem, gut?«, sagte er leise, fast flüsternd, so als wolle er mir ein Geheimnis von höchster Tragweite anvertrauen. Ich musste schmunzeln. Traugott erzählt mir von Gott weiß was allem, klang es in mir nach.

Wenn jemand Traugott heißt, dachte ich, dann wird er über Gott weiß was alles schon viel zu erzählen haben. Dem konnte man bestimmt trauen.

»Erklärst du mir, wie du mit Gott sprichst?«, fragte ich aufgeregt. »Ich würde auch gerne mit Gott sprechen, ich hätte nämlich ziemlich viele Fragen an ihn.«

Traugott nickte. »Auch, aber vorher müssen wir noch etwas ergründen«, meinte er geheimnisvoll.

Ich glaube, Traugott wollte mich damals mit Geschichten von Gott und der Welt vor allem von den Gedanken erlösen, die in meinem Kopf kreisten. Nur wusste ich noch nicht, wie wörtlich er diese Geschichten nahm. Er hatte es sich nämlich zur Aufgabe gemacht, die einfachen spirituellen Wahrheiten in die Welt zu tragen, damit wir besser für die Höhen und Tiefen des Lebens gewappnet wären. Denn es bedarf immer einiger weniger, die kleine Wirkungskreise erschaffen, aus denen dann wieder einige wenige es weitertragen, um die Wirkungskreise zu vergrößern, und ganz allmählich wird der Menschheit bewusst werden, dass das Glück ohne innere Einkehr nicht zu finden ist.

Traugott sah mir in die Augen und sagte: »Erkläre mir zuerst einmal, wer du bist.«

»Wie soll ich dir das erklären?«, fragte ich verwundert.

»Nun, beschreibe dich einmal.«

»Wie? Ich stehe doch vor dir. Du brauchst mich nur anzusehen.«

»Stelle dir vor, ich könnte dich nicht sehen, und ich würde dich bitten, dich mir zu beschreiben. Oder ich frage dich ganz einfach: Wer bist du?«

»Also ...«, sagte ich, sah verlegen zu Boden und bemerkte dabei wieder, dass mein rechtes Bein zappelte. Die Frage hatte mich total verunsichert. Ich meinte, dass das doch eine komische Frage sei, insbesondere wenn man demjenigen, den man fragte, gegenübersaß.

Traugott sah mich erwartungsvoll an. Er schwieg. Ich nahm einen weiteren Schluck Apfelsaft, um meine Antwort etwas hinauszuzögern. Traugott wartete. Ich schwieg betreten und errötete.

»Und?«, fragte er ermunternd.

»Okay. Ich heiße Matthea Wickers, alle nennen mich Theo, ich bin fast zehn Jahre alt. Ich habe am dritten Juni Geburtstag. Ich weiß nicht, wie groß ich bin, aber ich bin die achtkleinste in unserer Klasse. Das weiß ich, weil wir uns beim Turnen einmal der Größe nach aufstellen mussten.

Ich bin blond, schlank und habe blaue Augen, so wie mein Papa und meine Mama, und Sommersprossen auf der Nase, so wie meine Omi. Ich wohne mit meiner Mama hier in dieser Straße. Mein Papa wohnt in einem anderen Stadtteil, das war schon so, als ich ein Baby war, sagt meine Mama. Ich sehe meinen Vater selten, aber dafür spielt Iwo jedes Wochenende mit mir Fußball. Iwo ist Mamas Freund.

Ich liebe Fußball, obwohl ich ein Mädchen bin. In meiner Mannschaft bin ich Stürmerin oder ich stehe im Tor. Ich spiele außerdem Schlagzeug und esse gerne Erdbeereis.

Meine Freunde sagen, ich sei ein verrückter und lustiger Mensch. Und meine Mama meint, ich hätte ein weiches Herz, sei aber auch eigensinnig. Sie sagt manchmal resignierend: ›Du hast so und so deinen eigenen Kopf und machst, was du willst.‹ Manchmal kann ich stundenlang schweigen. Und ich bin vielleicht auch ein bisschen vergesslich und unordentlich«, fügte ich noch hinzu.

Traugott blickte mich amüsiert an und lächelte stumm.

»Du machst dich über mich lustig!«, rief ich gekränkt aus und wandte mich trotzig von ihm ab. Er nahm meine Hand und drückte sie fest und ich wusste er war mein Freund.

»Ganz und gar nicht«, antwortete er und fügte bekräftigend hinzu: »Ich versichere dir, das würde ich nie tun. Ich sage dir jetzt, was ich glaube, auch wenn du meine Ansicht vielleicht seltsam findest«, sagte Traugott beschwichtigend. Er ließ meine Hand wieder los und begann beim Sprechen zu gestikulieren.

»Das was du über dich sagst, wird vermutlich alles stimmen, aber ich bin überzeugt davon, dass du mehr bist als das was du siehst, wenn du dich im Spiegel anschaust. Ich glaube, du bist nicht dein Körper und es sind nicht nur dein Aussehen, deine Vorlieben und Charaktereigenschaften, die dich zu dem Menschen machen, der du bist. Du bist wesentlich mehr als das. Du bist so viel größer als das, was du als Ich bezeichnest oder was sich als dein Ich vor dem Spiegel darstellt. Du bist deine Seele.

Dein Körper, also deine Gestalt, ist der geringste Teil deines Wesens. Deinen Körper bewohnst du nur für die Dauer deines Lebens und er ist letztendlich nur in dem Ausmaß du, als du am Ende durch ihn Erfahrungen gemacht hast. Dein Körper ist nur dein Ausdrucksmittel für dein Leben.«

»Das verstehe ich nicht«, sagte ich.

»Nun«, fuhr Traugott fort, »du bist mehr, als du scheinst. Das was du siehst, wenn du dich im Spiegel betrachtest, ist dein Körper. Dein Körper ist der Ort, den sich deine Seele ausgesucht hat, um für deine Lebenszeit auf der Erde darin zu wohnen. Er ist in diesem Leben untrennbar mit dir verbunden. Du bist nicht dein Körper, du hast einen Körper. Das ist ein großer Unterschied. Dein Körper ist wie ein Gewand, das du ausgewählt hast, bevor du auf die Welt gekommen bist. Ein Gewand, das deine Seele beschlossen hat, für die Dauer deines Lebens anzuziehen.«

»Du meinst, meinen Körper habe ich mir selbst ausgesucht?«, fragte ich.

»Ja, davon bin ich überzeugt. Für die Erfahrungen, die deine Seele jetzt, das heißt in diesem Leben, machen möchte.«

»Das glaube ich nicht! Ich bin mir da ganz sicher, ich hätte mir einen anderen Körper ausgesucht. Ich mag schon nicht, dass ich blond bin, und außerdem wäre ich dann bestimmt größer!«, rief ich aus. »Vielleicht wäre ich doch auch lieber ein Bub gewesen.«

Traugott lachte. »Vielleicht hat auch Gott deinen Körper für dich ausgesucht, wer weiß. Theo, bist du lieber mit deinen Freunden oder lieber mit Kindern zusammen, die du nicht so gerne magst?«

Ich rollte mit den Augen, verschränkte die Arme vor der Brust und schüttelte den Kopf: »Natürlich lieber mit meinen Freunden, das ist doch logisch! Jeder ist lieber mit den Menschen zusammen, die er mag.« Die Antwort auf diese Frage war doch offensichtlich.

»Eben«, rief Traugott aus.

Leise und fast flüsternd sprach er weiter: »Ich sage dir etwas ganz im Vertrauen. Es ist eine unwiderrufliche Tatsache, dass du den Rest deines Lebens mit dir verbringen wirst. Und wenn du gerne in guter Gesellschaft bist, dann freunde dich mit dir an, denn dann bist du immer unter Freunden. Und es ist immer ein Freund da, wenn du einen brauchst.«

»Stimmt«, sagte ich.

»Wahrscheinlich wollte deine Seele erfahren, wie es ist, blond zu sein, oder wie es ist, ein Mädchen zu sein, das vielleicht doch lieber ein Bub gewesen wäre«, meinte Traugott und zwinkerte mir zu. »Dein Körper gehört zu dir. Du wirst in deinem Leben keinen anderen bekommen, ob du ihn liebst oder nicht, ob er dir nun gefällt oder nicht und ob er tut, was du von ihm erwartest oder nicht. Und ich finde übrigens, du hast eine ganz und gar sehr gute Wahl getroffen. Liebe ihn, sorge dich um ihn und sei gut zu ihm, denn in deinem Körper wohnt deine Seele und sie hat ihn sich ausgesucht.«

»Wenn sich jeder einen Körper aussuchen kann, warum kommen dann manche Menschen schon behindert auf die Welt? Niemand würde sich doch freiwillig einen kranken Körper aussuchen.«

»Ich glaube, es gibt Seelen, die wollen freiwillig in einen behinderten Körper, um zu erfahren, wie es ist, mit einer Behinderung zu leben, oder um vielleicht auch einer anderen Seele Gelegenheit zu geben, eine hingebungsvolle und selbstlose Liebe zu entwickeln.

Eine andere Seele wollte vielleicht erfahren, wie es ist, bewundert zu werden, und hat sich einen besonders schönen, athletischen Körper ausgesucht oder ein ganz besonderes Talent gewählt.

Wieder eine andere wollte wissen, wie es ist, wenn man arm ist, und hat sich arme Eltern ausgesucht, die ihr nicht viel bieten können. Vielleicht bestimmt auch Gott, welche Erfahrungen die Seele im Leben machen muss, um sich weiterzuentwickeln. Oder das Leben, das du geführt hast, bestimmt in einer gewissen Form, das nächste. Die Seele ist ewig. Es geht sicher nicht nur um dieses Leben, sondern um unendlich viele Leben, seit anfangsloser Zeit«, fuhr Traugott fort.

»Und dein Körper, dein Geburtsort, die Zeit, in der du geboren bist, und die Familie, die du dir ausgesucht hast oder die Gott erwählt hat, bilden somit einen Grundstein für die Erfahrungen, die die Seele in diesem Leben machen will oder machen soll.

Dein Körper wird sich im Lauf der Zeit verändern. Er wird noch wachsen, reifen und irgendwann alt werden. Aber deine Seele, die ihn bewohnt, wird niemals alt. Sie wird erfahrener und weiser. Irgendwann wird dein Körper müder und ausgelaugter, aber deine Seele wird sich nicht müde fühlen. Sie wird feinsinniger und um viele Erfahrungen reicher sein.«

»Aber wenn sich die Seele einen Körper aussuchen kann, dann ist es doch viel einfacher, einen schönen und gesunden Körper zu wählen.«

»Schönheit und Gesundheit sind keine Garanten für ein glückliches Leben. Es ist nicht gesagt, dass du das einfachere und schönere Leben hast, wenn du schön und körperlich gesund bist. Vielleicht geht es auch der Seele darum, eine schwierigere Lebenserfahrung zu machen. Vielleicht möchte sie erfahren, wie es ist, mit einer Behinderung zu leben und daran nicht zu verzweifeln, sondern sie zu überwinden und trotzdem glücklich zu sein. Gott ist so groß und wir können mit unserem vergleichsweise kleinen Geist nicht erfassen, warum Gott oder die Seele ein spezielles Leben auf der Erde erwählt hat«, antwortete Traugott.

»Du meinst, die Seele sucht sich einen Körper aus, um auf der Erde zu leben, und wenn sie gestorben ist, sucht sie sich wieder einen anderen Körper aus und kommt noch einmal auf die Welt?«, fragte ich und da fiel mir Allegra wieder ein.

Die kleine Allegra mit ihrer kleinen Geige, die sagte, dass sie mich schon ganz lange kenne, obwohl ich sie davor nie gesehen hatte. Traugotts Worte klangen in meinen Ohren genauso unwahrscheinlich wie Allegras. Ich schaute Traugott fragend an.

»Es geht vermutlich um unendlich viele Leben, so unendlich viele, wie das Universum unendlich ist«, fuhr er nickend fort. »Deine Seele ist die Summe all deiner Erfahrungen und Eindrücke. Sie ist ewig. Sie ist Ausdruck all dessen, was du jemals erlebt und erfahren hast, seit jeher. Sie ist all das, was du jemals gelernt hast. Das Wesen bleibt, nur die äußere Form – der Körper – verändert sich und wird irgendwann vergehen, um eine neue Form anzunehmen. Verstehst du? Dein Wesen, die Seele ist das Wesentliche, das steckt schon im Wort drinnen, und das Wesentliche währt ewig. Du befindest dich auf einer Reise durch die Ewigkeit, nur hast du es vergessen. Der Tod ist nicht das Ende des Lebens, das Leben geht ewig weiter – auf eine andere Art.«

»Das kann ich mir schwer vorstellen. Ewig ist wie unendlich. Ich kann mir auch die Unendlichkeit nicht vorstellen. Wie sieht denn die Seele aus?«, fragte ich. »Kannst du mir sagen, wo in meinem Körper die Seele ist? Kannst du mir eine Zeichnung von der Seele machen?«

Traugott überlegte.

»Nun, ich denke, die Seele ist nicht bildlich darstellbar. Die Seele ist das Bild, das reine, ehrliche Bild, das sich Gott von dir macht und das nur durch dich sichtbar werden kann. Sie ist das Gefühl, dass du besonders bist. Sie ist die Gewissheit, dass sie nicht davon abhängig ist, was andere Leute von dir denken. Sie ist die Gewissheit, dass du dir deinen Wert nicht verdienen musst, weil er gottgegeben ist. Sie ist das Wissen, dass du eine gottgegebene Würde und einen unantastbaren Wert hast. Sie ist der Raum ganz tief in dir drinnen. Sie ist der Raum in dir, wo du zu Hause bist.

Dieser Raum ist hell und klar. In diesem Raum herrscht Frieden und du bist beschützt. Sie ist das Licht in dir. Sie ist das Wissen, dass alles gut ist, wie es ist.« Traugott sog am Strohhalm und nahm einen Schluck Apfelsaft.

»Sieh tief in die Augen der Menschen, darin spiegelt sich die Seele.« Er bohrte seinen Zeigefinger in meine Brust und sagte dabei ernst:

»Du bist du. Du bist besonders. Du bist außergewöhnlich! Du bist so einzigartig wie dein Fingerabdruck. Jeder

Fingerabdruck ist anders und ein unverwechselbares Mittel, um einen Menschen wiederzuerkennen. Auch eineiige Zwillinge besitzen unterschiedliche Fingerabdrücke. Es gibt niemand anderen auf der Welt, der genauso ist wie du. Es gibt keine zwei Menschen, die absolut identisch sind. Ist das nicht ein Wunder, bei so vielen Menschen, die auf der Erde leben?«

»Und keine zwei Blumen, die gleich blau sind!«, rief ich.

»Richtig«, sagte Traugott. »Du bist du und genauso wie du bist, bist du gewollt, denn Gott hat dich genauso erschaffen und nicht anders. Du bist ein Wunder. Und so wie du ein Wunder bist, ist jeder Mensch auf dieser Welt ein Wunder. In jedem Körper wohnt eine Seele, in jedem einzelnen Menschen ist der Geist zur Form geworden und jede Seele ist gleich kostbar. Deshalb ist jeder Mensch wunderbar, jeder Aufmerksamkeit würdig und verdient jeden Respekt.«

»Auch die ganz Bösen?«, wollte ich wissen.

»Ja, auch die ganz Bösen. Gott hat uns ins Gewissen geschrieben, was gut und schlecht ist. Und er hat uns die Freiheit geschenkt, zu denken und zu handeln. Nur gehe davon aus, dass jeder irgendwann zurückbekommt, was er aussendet. Sei sicher, dass es so ist, das ist ein kosmisches Gesetz, aber darüber sprechen wir später.«

Ich schwieg. Ich war mir nicht sicher, ob ich das alles glauben konnte.

»Theo, du bist auf dieser Welt, aber du bist nicht von dieser Welt. Das ist ein großer Unterschied. Du bist auf der Erde geboren, um alles, was in dir steckt, zu entfalten. Du sollst alle Gaben und Talente, die du mitbekommen hast, zum Ausdruck bringen und sie der Welt zur Verfügung stellen. Keine deiner Fähigkeiten soll ungenutzt bleiben.

Du bist auf der Welt, um dich selbst zu erfahren und um zu erkennen, wer du wirklich bist. Es ist deine einzigartige

Aufgabe für die Zeit, die du auf der Erde wohnst, herauszufinden, wer du wirklich bist. Es geht darum, dass du an den Erfahrungen wächst, lernst und dich weiterentwickelst. Das ist es, warum du hier bist, warum wir alle hier sind.

Die Menschen, denen du begegnest, können dir dabei behilflich sein oder dich begleiten, aber niemand kann und wird es für dich tun.

Vielleicht kannst du es dir so besser vorstellen: Am Anfang warst du nur Licht im Licht. Rund um dich herum war nur Licht und du wolltest erfahren, wie es ist, wenn es dunkel ist. Wenn du etwas erfahren willst, fühlt es sich anders an, als wenn du nur etwas siehst, hörst, liest oder wenn dir andere sagen, wie es ist. Ich kann dir zum Beispiel beschreiben, wie Erdbeereis schmeckt. Es ist aus Milch, Erdbeeren, Zucker und Schlagsahne gemacht. Es schmeckt wunderbar fruchtig, süß und cremig und fühlt sich kalt auf der Zunge an. Und vielleicht könntest du dir auf diese Weise vorstellen, wie Erdbeereis schmeckt, aber es ist etwas anderes, wenn du es einfach probierst und damit wirklich erfährst, wie es schmeckt.

Worte lassen uns zwar verstehen, aber die Erfahrung lässt uns wissen. Genauso verhält es sich mit deiner Seele. Sie wollte wissen, wie es sich anfühlt zu lachen und zu weinen, fröhlich und traurig, glücklich und unglücklich zu sein. Sie wollte wissen, wie es ist, wenn man Sehnsucht nach seiner Mutter hat und wie Erdbeereis schmeckt. Sie wollte wissen, wie es ist, wenn es dunkel ist. Denn wenn alles Licht ist, kann man Dunkelheit nicht kennen. Und sie wollte wissen, wie es ist, genau in diesem Land, zu genau dieser Zeit, in genau dieser Familie aufzuwachsen. Und weil sie erfahren wollte, wollte sie leben. Je nachdem, welche Erfahrung die Seele machen wollte, hat sie sich dazu einen Körper ausgesucht.«

Er machte eine Pause – schaute mich prüfend an und fuhr fort: »Das hört sich für dich unwahrscheinlich an, oder?«

Ich nickte. »Eigentlich schon, es hört sich merkwürdig an.«

»Ah, das ist gut. Sehr gut sogar«, sagte er und kratzte sich wieder am Kinn. »Merkwürdig, ist immer gut. Das heißt, es ist würdig, es sich zu merken.«

Ich musste lachen.

»Du könntest also einfach einmal annehmen, dass es so sein könnte?«

Ich zögerte und bestätigte ihm: »Das könnte ich schon, obwohl ich es mir nicht wirklich vorstellen kann. Aber wirklich wissen, tut es doch niemand, oder? Ich meine, es könnte ja schon sein, dass es stimmt. Die Leute glauben oft die eigenartigsten Sachen.«

»Die Frage ist, ist etwas wahr, nur weil viele Menschen behaupten, dass es wahr ist, oder kann etwas auch wahr sein, wenn niemand oder nur wenige glauben, dass es das ist?

Ich glaube, dass alle, die ernsthaft die Wahrheit suchen, irgendwann an den Punkt kommen, diese Wahrheit selbst in sich zu erfahren. Aber es gibt viele Menschen, die daran Anstoß nehmen werden. Wichtig ist, dass du verschiedene Sichtweisen kennenlernst und zu deinem eigenen Schluss kommst«, sagte Traugott. »Man kann nicht einfach den Glauben eines anderen übernehmen. Jeder muss letztendlich seine eigene Beziehung zu Gott finden. Mir ist eine Welt mit Gott prinzipiell lieber als eine ohne Gott.«

Dieser Meinung war ich auch und sagte nickend: »Darüber haben meine Mama und ich heute Morgen erst gesprochen. Ich bin gespannt. Erzähl weiter.«

»Im Leben geht es darum, Erfahrungen zu machen, an ihnen zu wachsen und zu lieben«, fuhr Traugott fort.

»Wen zu lieben?«, fragte ich.

»Alle Menschen zu lieben und auch dich selbst. Alle Wesen zu lieben und dich selbst. Es geht darum zu erkennen, dass alle Menschen besonders sind, jeder ein Wunder ist, jede Menschenseele kostbar ist und deinen Respekt verdient. Es geht um die Nächstenliebe, die Liebe, die alle Wesen umfasst.«

»Aber wie kann man alle Menschen lieben? Das ist nicht möglich. Wie kann man jemanden lieben, den man zutiefst verabscheut? Der Samuel aus meiner Klasse zum Beispiel, der ist wirklich besonders, nämlich besonders gemein und hinterhältig«, sagte ich mit Nachdruck. »Er ist boshaft, er macht sich über mich lustig, macht mich vor den anderen schlecht, nimmt mir meine Sachen weg oder versteckt sie und glaubt, er sei unangreifbar, weil er viel größer ist als ich! Er ist neidisch und wünscht mir nur Schlechtes.« Ich wurde ärgerlich. Wie konnte man jemanden wie ihn respektieren? Wie konnte man so jemanden sogar lieben? Warum sollte man so jemanden überhaupt lieben?

»Liebe Theo, kannst du in die Seele von Samuel schauen? Weißt du welche Erfahrungen er gemacht hat, weshalb er sich jetzt so verhält, wie er es tut?«

Ich schüttelte den Kopf und sagte trotzig: »Das weiß ich nicht. Und es interessiert mich auch gar nicht.«

»Du willst es ihm heimzahlen, stimmts?«, fragte Traugott.

Ich nickte.

»Du wünschst ihm, dass er genauso leidet wie du. Kann das sein?«

Ich nicke wieder.

»Wenn ihm etwas Schlechtes widerfährt spürst du Genugtuung und denkst, er hat es verdient?«

»Ja«, bestätigte ich.

»Deine Wut über ihn wird aber an der Situation nichts ändern. Er wird sein Verhalten nicht ändern, nur weil du wütend bist. Und sein Unglück wird dein Glück nicht ausmachen. Du kannst keinen Menschen ändern. Und Theo, es ist deine Wut, die dir Energie raubt und dir den Tag verstimmt, denn den Samuel kratzt das gar nicht. Sie kommt bei ihm nicht einmal an. Denk einmal darüber nach.

Jeder bekommt seine Herausforderungen, sei dir dessen sicher, und du bist niemandes Richter. Du musst begreifen, dass jeder von uns seine Vorzüge und seine Fehler hat. Niemand ist vollkommen. Niemand ist perfekt und du bist es auch nicht. Perfekt zu sein, ist auch nicht der Anspruch, den Gott an uns Menschen hat. Gottes Bestreben ist, dass wir unsere Fehler erkennen und uns weiterentwickeln.

Respektiere alle in ihrem Anderssein, jeden Einzelnen auf seiner persönlichen Entwicklungsstufe, ohne ihn mit Etiketten zu versehen oder in Schubladen zu stecken, ohne einen Unterton der Missbilligung oder ein innerliches Augenrollen. Kein Urteil, kein Kommentar, keine Stellungnahme – weder in Gedanken, noch in Worten, noch in Taten. Wenn du ein negatives Gefühl gegenüber jemandem hast, denkst du, er müsse sich ändern, damit es dir wieder besser geht. Das ist ein Irrtum. Derjenige, der sich ändern muss, bist du. Du musst deine Einstellung ihm gegenüber ändern, damit er dir nichts mehr anhaben kann.

Wenn du den Samuel nicht magst, dann halte einfach Abstand und wünsche ihm trotzdem alles Gute.«

»Aber er geht doch in meine Klasse. Wie soll ich da Abstand halten? Ihm kann ich doch nicht entkommen!« Ich war empört.

»Versuche, die Wirkung, die er auf dich hat, klein zu halten. Lass ihn nicht in dein Herz hinein. Lass ihn nicht so nahe an dich heran, dass er dich verletzen und wütend machen kann.«

»Wie kann ich verhindern, dass ich wütend werde? Das ist ein Gefühl, das überkommt mich einfach.«

»Wenn du bemerkst, dass deine Wut immer größer wird, dann entscheide bewusst, sie gehen zu lassen. Du kannst über Gefühle entscheiden, sobald du ihnen gewahr wirst. Verstehst du? Du spürst die Wut in dir aufkommen und entscheidest, wie du damit umgehen wirst. Stattdessen könntest du zum Beispiel lachen. Lache über ihn. Humor ist auch Weisheit, wenn er zur richtigen Zeit am richtigen Ort eingesetzt wird. Und respektiere ihn. Respektiere den anderen so, wie er ist, ohne ihn zu bewerten. Wenn man jemanden nicht lieben kann, kann man ihn zumindest achten.«

»Das fällt mir schwer.«

»Ich weiß«, antwortete Traugott mitfühlend.

»Wie soll das denn gehen, wenn er mich so nervt?«

»Man kann Menschen respektieren, ohne dass man ihren Handlungen zustimmen muss. Du kannst jedes Mal, wenn Groll aufkommt, der dich sauer macht, denken: Ich habe Respekt für sein Anderssein. Behandle jeden so, wie du selbst gerne behandelt werden willst.

Wenn du jemanden nicht magst, verhalte dich respektvoll ihm gegenüber. Erspare dir Worte der Kritik. Rede nur, wenn du gefragt wirst, und sonst schweige. Sei ein Vorbild. Und ... Respekt erzeugt wieder Respekt. Samuel wird sein Verhalten ändern, wenn du deines änderst. Probier es aus.

Die Welt ist kalt geworden, weil es so sehr an Liebe fehlt. Die Herzenskälte hat zugenommen. Es gibt niemanden, der der Liebe nicht wert wäre. Liebe ist das Mittel, das überall Heilung, Hilfe und Frieden bringt. Jeder Mensch sehnt sich nach Liebe und alles Leben ist der Liebe wert. Versuche, im anderen stets das Beste zu sehen!«

»Das ist echt schwierig, wenn man jemanden nicht mag«, wandte ich ein.

»Ja, das ist es. Aber genau darum geht es. Eine Blume duftet auch nicht nur für die Menschen, die ihre Schönheit bewundern. Sie duftet für alle Wesen auf der Welt, auch für die, die sie nicht wertschätzen oder nicht einmal beachten. Am Ende des Tages geht es nur um die Liebe, die du in den Herzen der Menschen hinterlassen hast. Sieh nicht nur das Äußere. Schaue tiefer, schaue in die Herzen und dann siehst du hinter die Fassade der Menschen. Solange du auf deiner Position beharrst und jemanden hasst und Rachegefühle aufkommen lässt, wirst du weiter leiden und an der Situation nichts ändern.

Versuche, dich in dem Ausmaß für ihn zu interessieren, in dem du seine Gefühle nachempfinden kannst. Versuche, in seine Haut zu schlüpfen, damit du die Welt mit seinen Augen betrachten kannst. Nur wenn du dich in seine Position versetzt hast, kannst du vielleicht verstehen, warum er so handelt.«

Ich wurde nachdenklich und schaute meinen Beinen wieder beim Baumeln zu.

»Wie kann ich ein Gefühl der Liebe entwickeln, wenn ich es gar nicht empfinde?«, fragte ich. »Ich meine, Liebe ist ein Gefühl, das empfinde ich doch jemandem gegenüber oder eben nicht.«

»Liebe ist ein Gefühl«, antwortete mir Traugott. »Das stimmt schon, aber das Wort lieben ist zunächst auch einmal ein Verb, das bedeutet, es erfordert eine Handlung und jede Handlung erfordert eine Entscheidung.«

Traugott nahm ein Notizblatt aus seiner Schreibtischlade und hielt es mir hin.

»Schreibe einmal auf, wie sich die Liebe im Leben darstellen könnte. Zum Beispiel durch mehr Toleranz, mehr

Verständnis, mehr Wärme, mehr Mitgefühl, mehr Aufmerksamkeit ... fällt dir noch etwas anderes ein?«

»Mehr Fürsorge.«

»Genau! Mehr Herzlichkeit, mehr Respekt, mehr Hilfsbereitschaft ...«

»Mehr Ehrlichkeit.«

»Ja, und mehr den anderen so sein zu lassen, wie er ist. Du erwartest ja auch nicht von einer Primel, dass sie zur Glockenblume wird, nur weil diese dir vielleicht besser gefällt. Alle diese Eigenschaften sind angewandte Liebe.«

Ich schrieb alle Worte auf den Notizzettel und Traugott heftete ihn an seine Wortewand.

»Es geht darum, den anderen in seiner Unvollkommenheit zu akzeptieren, ohne ihn zu bewerten. Und wenn du das noch nicht schaffst, dann versuche zumindest, Mitgefühl zu empfinden. Denn Mitgefühl trägt auch immer Liebe in sich. Ohne Liebe gibt es kein Mitgefühl. Gott liebt alle Menschen gleich. In seinen Augen ist jeder gleich wert. Denk immer daran, dass alles Leben der Liebe bedarf. Wir brauchen nicht nur Nahrung und Wasser zum Leben, sondern auch Liebe. Ohne Liebe ist kein Leben möglich, es würde verkümmern.«

Mir fiel ein, dass meine Mama mir sehr oft sagte, dass sie mich liebte. Ich habe lange geglaubt, dass ausnahmslos alle Mütter ihre Kinder sehr lieb haben. Aber meine Mama sagte mir einmal, dass das nicht unbedingt stimmen müsse. Sie erzählte mir ganz im Vertrauen, dass es bei uns in der Klasse einen Buben gäbe, der bei einer anderen Mama wohnte, weil seine echte ihn nicht wollte. Er kenne nicht einmal seine echte Mama. Und dieser Bub war Samuel!

Ich war sehr nachdenklich. Ich versuchte, mich in seine Lage zu versetzen, und stellte mir vor, wie es wäre, wenn meine Mama mich von Geburt an nicht gewollt hätte. Der

Gedanke daran war unerträglich und plötzlich kam mir Samuel nicht mehr so besonders boshaft vor und ich konnte das erste Mal ihm gegenüber ein bisschen Mitgefühl empfinden.

»Wenn du mit dem Herzen siehst, siehst du das Göttliche in jedem Menschen«, führte Traugott weiter aus. »Jeder ist ein Teil von Gott. Versuche, diesen göttlichen Teil im anderen zu sehen. Das ist es, worum es Gott geht, denke ich, alles andere ist Nebensache.«

***

Kapitel 7

»Wie kann jeder ein Teil von Gott sein? Wenn jeder ein Teil von ihm ist, dann bin auch ich ein Teil von Gott. Das verstehe ich nicht! Wie sieht Gott überhaupt aus? Kannst du mir vielleicht von Gott eine Zeichnung machen?«, fragte ich Traugott.

Traugott stand auf und nahm wieder ein weißes Blatt Papier aus der Lade seines Schreibtisches. Dann nahm er einen Stift und fing an zu zeichnen. Er zeichnete einen kleinen Kreis in die Mitte, sieben Blütenblätter rundherum und einen Stiel mit zwei Blättern.

»Aber das ist doch eine Blume!«, rief ich aus.

»Erraten«, kicherte Traugott. »Wenn Kinder Gott zeichnen, hat er meistens weiße Haare, einen langen Bart, ein weißes Kleid und nackte Füße und sitzt auf einer Wolke oder einem Thron im Himmel. Auf seinen Knien hält er ein dickes, goldenes Buch, das die Namen aller Menschen auf der Erde beinhaltet.

In seinem Buch steht, wer wann und wo geboren wurde, welche guten und schlechten Taten jeder begangen hat und dann noch welche Aufgaben, Belohnungen und Strafen auf jeden einzelnen warten. Gott sieht aus wie ein alter Mann, der hoch oben im Himmel sitzt und auf die Erde herabblickt und so allmächtig ist, dass er den kompletten Überblick hat. Er führt Buch über jede Minute, beobachtet alles und weiß alles. Und er ist natürlich auch streng. Viele sagen über ihn, meist ahnungsvoll mit erhobenem Zeigefinger: ›Der liebe Gott sieht alles. Und wenn du brav bist, kommst du in den Himmel.‹ Wahrscheinlich hat er auch schon tiefe Falten von den Sorgen, die er sich um die Menschen und um die Erde macht.

Nun ich weiß es natürlich nicht wirklich, aber ich bin überzeugt davon, dass sich Gott nicht so darstellt.

Gott sieht nicht aus wie ein Mensch. Gott ist kein kosmischer Buchhalter, der Buch führt und die guten Taten belohnt und die schlechten bestraft. Gott rechnet nicht auf. Gott führt keine Listen. Er verteilt auch keine Glückslose, die er später mit einem Unheil ausgleicht.

Gott kann man auch nicht zeichnen, denn Gott ist ein Schöpfungsprinzip. Es steht jedem uneingeschränkt zur Verfügung. Nicht nur jedem Menschen, sondern auch dem Gänseblümchen am Wegesrand, der Schnecke oder dem kleinen Wurm.

Gott ist überall, Gott ist alles, was ist. Gott ist die Summe aller Wesen. Gott ist die Blume und gleichzeitig auch die Blumenwiese, Gott ist die Tanne im Wald und der Wald, Gott ist der Berg und die Felsen, der Fluss, der Teich, der See und das Meer.

Gott ist die Strahlen der Sonne, der Regen und die Wolken. Gott ist das Licht und die Liebe. Gott ist die Liebe, denn Gott ist gütig. Er ist in dir und in allen Wesen, denn er hat alles erschaffen und jede Pflanze, jedes Tier und jeder Mensch ist ein einzigartiger Ausdruck von ihm. Das heißt, jedes Wesen ist ein Teil von Gott, denn er stellt sich durch alles dar. Gott ist alles, was man anfassen kann und was man nicht anfassen kann – was man sieht und was man nicht sehen kann. Du hast eine fixe Vorstellung davon, wie Gott erscheinen soll, aber genau das könnte dich daran hindern, Gott in allem zu sehen.

Wenn Gott das Meer ist, dann bist du ein Fingerhut gefüllt mit Meereswasser. Der Fingerhut ist die Form, so wie dein Körper die Form ist, und das Wasser ist deine Seele. Das Wasser im Fingerhut ist nicht das Meer, aber es ist Teil des Meeres, Teil vom großen Ganzen. Und damit bist auch du ein Teil von Gott, er stellt sich auch durch dich dar. Verstehst du?«

Traugott sah mich aufmerksam an.

»Er kommt durch alles zum Ausdruck und er kommt auch durch dich zum Ausdruck. Wenn Gott Schnee ist, dann bist du eine Schneeflocke, die im Winter langsam zur Erde herabschwebt, die sich mit der Gesamtheit aller Flocken vermischt und zusammen zu Schnee wird.

Wenn du Schneeflocken durch ein Mikroskop betrachtest, wirst du feststellen, dass sich zwei Exemplare niemals genau gleichen und doch sind sie alle aus derselben Essenz und wunderschön.

Wenn Gott Musik ist, dann bist du eine Note in seinem Musikstück. Diese Note steht für den Schöpfer des Werks zur richtigen Zeit am richtigen Platz, in der richtigen Höhe und in der von ihm festgelegten Dauer. Sie hat ihren Platz in der Gesamtkomposition und ist genauso wie sie ist beabsichtigt und keinen Deut anders. Niemand wird jemals ihren Platz infrage stellen, weil sie genau dorthin gehört. Und du bist wie diese Note und damit auch Teil des Gesamtwerks.

Wenn Gott ein Gemälde ist, dann bist du ein Pinselstrich. Der Maler hat den Pinselstrich genau dorthin gesetzt, in der beabsichtigten Farbe, mit dem beabsichtigten Schwung und in der beabsichtigten Stärke. Und du bist Teil des Gemäldes. Und wärst du nicht da, würde genau dieser Pinselstrich fehlen und das Werk wäre nicht vollkommen.

Und so sind alle Wesen unterschiedlich und gewollt, so wie sie genau in diesem Moment sind. Und alle sind miteinander verbunden, denn sie sind alle ein Teil des großen Ganzen. Sie alle sind Teil des Gesamtwerks.

Jeder Strich ist Teil des Gemäldes. Jeder ist Teil von Gottes Plan. Wir alle sind ein Ausdruck Gottes, von ein und demselben Schöpfungsprinzip. Gott ist auch in dir. Verstehst du? Das gleiche Schöpfungsprinzip steckt in jedem einzelnen Wesen. Wir sind immer ein Teil des Lebens, das von Gott kommt und zu ihm zurückkehrt, weil wir alle ein Teil von ihm sind.«

»Wenn jeder Mensch ein Teil von Gott ist und Gott so gut ist, warum ist dann die Welt nicht gut, warum sind dann die Menschen nicht alle gut?«, fragte ich.

»Die Welt ist so, wie sie ist. Es gibt keine heile Welt. Sie ist nicht gut oder schlecht, sie ist immer beides. Im Leben hat alles immer zwei Seiten. Es gibt Tag und Nacht, hell und dunkel, links und rechts, Plus und Minus, Norden und Süden. Von allem, was existiert, existiert auch immer das Gegenteil. Alles was sich in der Welt darstellt, hat zwei Pole, aber die Gegensätze sind in ihrem Wesen eins. Sie stellen sich nur verschieden dar. Sie bedingen einander wie Licht und Schatten. Wo kein Licht ist, kann kein Schatten sein. Wenn es immer nur hell wäre, würdest du nicht wissen, wie es ist, wenn es dunkel ist, und du könntest auch die Helligkeit nicht erfahren. So wie es zwei Seiten einer Medaille gibt und es sich doch um ein und dieselbe Medaille handelt.

Wo ein Berg ist, muss ein Tal sein. Es gibt kein Tal ohne Berg und keinen Berg ohne Tal. Genauso kannst du auch nicht erkennen, dass etwas süß schmeckt, solange du nicht in etwas Saures gebissen hast. Wenn du immer nur süße Äpfel essen würdest, würdest du glauben, dass alle Äpfel süß wären. Und das bis zu dem Zeitpunkt, in dem du in einen sauren Apfel gebissen hast. Dann erfährst du, wie ein saurer Apfel schmeckt, und erkennst gleichzeitig auch die Süße. Dann erst kannst du nämlich den Unterschied von süß und sauer erkennen und weißt, dass es sowohl den süßen als auch den sauren Geschmack gibt. Erinnere dich, die Seele wollte erfahren. Und du kannst nur etwas erfahren, wenn es auch das Gegenteil davon gibt.

Wenn du immer nur fröhlich wärst, wüsstest du nicht, wie es sich anfühlen würde, traurig zu sein. So bist du manchmal traurig und wenn die Traurigkeit vergangen ist und du wieder fröhlich bist, kannst du den Unterschied erkennen, dich darüber freuen und es wertschätzen. Nichts ist erkennbar, wenn nicht das Gegenteil davon auch gegenwärtig ist.

Deine Seele wollte das Leben erfahren. Du kannst nicht erfahren, wie es ist, wenn es hell ist, wenn du die Dunkelheit niemals kennengelernt hast. Du kannst nichts erfahren, wenn du nicht das Gegenteil davon auch kennengelernt hast.«

»Ich verstehe. Ich würde auch Sehnsucht nicht kennen, wenn ich niemanden lieben würde. Ich würde ihn dann nicht vermissen, wenn er nicht da ist«, sagte ich.

»Stimmt genau«, antwortete Traugott. »Du kannst nichts Erkennbares mit weißer Farbe auf ein weißes Blatt Papier zeichnen. Du musst eine Farbe wählen, die nicht weiß ist. Genauso ist dein Körper nur die sichtbare Hälfte deines wahren Selbst, die andere Hälfte ist verborgen in deinem Inneren. Du kannst nichts erfahren, wenn sich die Einheit nicht in zwei Hälften teilt. Nur Gott ist die Einheit selbst. Deshalb kannst du Gott auch äußerlich nicht erkennen. Gott ist das Weiß des Blatt Papiers, das das Nichts und gleichzeitig die Summe aller Farben ist. Er ist somit das Nichts und das Alles. Gott steht über allem was ist, und man kann Gott nur als das Unfassbare anerkennen. Er ist das Innerste aller Wesen, er ist in allem, was ist. Deshalb bedeutet auch in sich zu sein, bei sich zu Hause, im Raum, der hell und klar ist, gleichermaßen bei Gott zu sein.

Wo auch immer du auf der Welt bist, wirst du immer zu Hause sein, denn wenn du nach innen gehst, bist du schon zu Hause. Und wenn du dich gefunden hast, gibt es nichts auf der Welt, was du wirklich verlieren könntest.«

»Das heißt, Gott kann man nicht sehen, weil er überall ist?«, fragte ich.

»Ja«, antwortete Traugott, »weil er in allen Wesen ist und sich durch alle Wesen ausdrückt. Wenn du verstehst, dass von allem, was existiert, auch immer das Gegenteil vorhanden sein muss, dann verstehst du, dass es nicht möglich ist, dass es dir immer nur gut geht. Dann ist dir klar, dass es dir auch manchmal schlecht gehen muss, weil es einfach zum Leben dazugehört. Die Welt ist immer beides, gut und schlecht, fröhlich und traurig. Das anzuerkennen, ist wichtig, es ist ein kosmisches Gesetz. Wenn es dir schlecht geht, wirst du aufhören, dagegen anzukämpfen, denn du wirst erkennen, dass es eben manchmal so ist und dass wieder Zeiten kommen werden, in denen es dir gut geht.«

»Ich will aber, dass es mir gut geht. Ich will nicht traurig sein«, warf ich ein.

»Das verstehe ich gut. Niemand will das. Jeder sehnt sich nach einem sorgenfreien Leben. Nur, das Leben ist nicht sorgenfrei. Es gibt keine heile Welt. Es ist nun einmal so, dass Traurigsein zum Leben dazugehört. Die Realität ist immer ein Sowohl-als-auch, sie ist Glück und Unglück, Freude und

Leid, Spaß und Traurigkeit. Die Realität beinhaltet beide Polaritäten und alle Schattierungen dazwischen. Nicht traurig sein zu wollen, heißt, die Realität wie sie ist, nicht akzeptieren zu wollen. Die Welt ist, wie sie ist, ob du es verstehst oder nicht, ob du es wahrhaben möchtest oder nicht. Es ist sinnlos, sich dagegen aufzulehnen. Das ist vergeudete Energie. Verstehst du?«

Ich nickte.

»Stell dir vor, du hast dein Geburtstagsfest im Freien geplant und hast ganz viele Freunde eingeladen. Der Garten ist mit Lampions geschmückt, du hast dir Spiele ausgedacht, die du draußen spielen willst, und kaum hat das Fest angefangen, gibt es einen Regenguss, der nicht mehr aufhören will. Das Buffet hast du nicht mehr rechtzeitig in Sicherheit gebracht. Der Kuchen ist von Wasser durchtränkt, die Lampions sind kaputt und das Fest ist absolut nicht so, wie du es dir gewünscht hast. Was machst du dann?«, fragte Traugott.

Ich überlegte.

»Ich bin traurig und verärgert. Schließlich hat man nur einmal im Jahr Geburtstag. Meine Mama und ich haben uns viel Arbeit gemacht und ich habe mich schon sehr darauf gefreut«, meinte ich.

»Du bist sauer? Worauf oder auf wen?«, fragte Traugott nach. »Auf die Wolke, die gerade über den Garten geschwebt ist? Auf den Regen, auf die Welt, weil sie nicht so ist, wie du sie dir vorgestellt hast? Auf Gott, weil du ihn letztendlich dafür verantwortlich machst?«

»Ich weiß nicht, ja vielleicht, ich bin einfach total verärgert und enttäuscht«, antwortete ich zögerlich.

»Nun, vielleicht hat ein Bauer nicht unweit von dir genau auf diesen Regen sehnsüchtig gewartet, weil es seit Wochen nicht mehr richtig geregnet hat. Und der Boden ist durch die lange Trockenperiode bereits ausgedörrt und er muss inzwischen um seine Ernte und damit um seinen Ertrag und seine Lebensgrundlage bangen. Ist es nun gut oder schlecht, dass es diesen Regen gegeben hat?«

»Schlecht für mich, gut für den Bauern«, antwortete ich.

»Oder aber auch letztendlich gut für dich, denn alles ist mit allem verbunden. Vielleicht hätte eine ausgefallene Ernte auch Einfluss auf dein Leben genommen. Früher hätten wahrscheinlich viele Menschen dadurch nichts zu essen gehabt. Oder auch insofern gut für dich, weil du erkennst, dass alles im Leben einen Sinn hat und dass es für viel mehr Menschen Glück bedeutet, dass die Ernte gerettet ist, und dagegen das Unglück, dass dein Geburtstagsfest sprichwörtlich ins Wasser gefallen ist, vergleichsweise unbedeutend ist.

Was kannst du also machen? Du kannst deine Einstellung ändern oder den ganzen Tag sauer bleiben und dir das Fest dadurch noch gründlicher verderben. Ihr könntet euch alle darüber aufregen, mit dem Schicksal hadern, das Leben verfluchen und über den Regen schimpfen. Aber eigentlich lohnt es sich nicht, Energie zu verschwenden und sich dagegen aufzulehnen, denn es wird deshalb nicht aufhören zu regnen. Ihr werdet in jedem Fall nass. Wer fühlt sich schlecht? Der Regen oder du? Was verursacht deinen Ärger? Der Regen oder deine Reaktion auf den Regen?« Er sah mich fragend an und ließ die Worte wirken, bevor er fortfuhr.

»Das schlechte Gefühl ist in dir. Besser wäre es, jetzt die Situation zu akzeptieren und sie neu zu denken. Wenn wir äußere Umstände nicht ändern können, sodass sie für uns passend erscheinen, müssen wir unsere Einstellung ändern und neu denken. Ihr könntet euch zum Beispiel einen Regenmantel anziehen oder einen großen Regenschirm aufspannen, im Regen tanzen, in die Lachen springen, eine

Wasserschlacht machen – eben einfach versuchen, das Beste daraus machen. Und nur wenn du neu denkst, hast du die Chance, dass der Tag zu einem besonderen in deinem Leben wird. Es ist alles eine Frage der Sichtweise, der Einstellung und des Willens, neu zu denken, eine Situation neu zu erfinden und das Beste aus ihr herauszuholen.«

»Ich verstehe, aber das ist nicht immer so leicht. Einfacher wäre es, wenn es schön geblieben wäre.«

»Ja, so ist es, aber das Leben ist nicht einfach. Das hat dir niemand versprochen.«

»Das sagt meine Mama auch immer.«

»Wie gesagt, das Leben ist ein Sowohl-als-auch – manchmal einfach und manchmal schwer. Dem Regen übrigens ist es vollkommen egal, ob du fröhlich oder wütend bist. Er hört deshalb nicht auf. So ist es auch mit Gott. Er weiß, dass es in dem Fall besser war, dass es geregnet hat. Und ob du fröhlich oder traurig bist, entscheidest du, Gott mischt sich in deine Entscheidungen nicht ein. Gott hat dir den freien Willen gegeben: frei zu denken und frei zu handeln. Was du aus deinem Leben machst, ist deine Sache. Du hast für dein Leben alle Werkzeuge und Ressourcen, die du brauchst. Du hast für dein Leben alle Gaben und Talente mitbekommen, um es zu meistern. Du hast immer die Wahl, was du daraus machst.

Viele Menschen haben ganz viel Wut und Ärger in sich, weil sie meinen, mit ganz viel Druck etwas erreichen zu müssen, und dann enttäuscht sind, wenn es anders kommt. Viele glauben, die Welt müsse so sein, wie sie es sich vorstellen und wenn es anders kommt, schulde das Leben ihnen etwas. Das Leben schuldet niemandem etwas. Du bist in Bezug auf dein Geburtstagsfest auch darauf bedacht, dass alles so sein muss, wie du glaubst, dass es sein müsse. Da gibt es keinen Spielraum. Nur funktionieren die Menschen leider weder nach allgemeingültigen Regeln noch weniger nach jenen, die du glaubst, vorgeben zu können. Und das Leben auch nicht. Im Fall der verregneten Geburtstagsfeier macht dich das ärgerlich.

Du solltest dir Abstand verschaffen, einen Spielraum, in dem du beweglich bleiben kannst, weil nichts immer so ist und so sein wird, wie es deiner Meinung nach zu sein hat. Überlege einmal. Auch du bist nicht immer so, wie die anderen es von dir erwarten, oder?«

Ich dachte nach. Ich sah die funkelnden Augen meiner Mama vor mir, wenn ich wieder einmal etwas vergessen oder liegen gelassen habe. »Nein«, sagte ich dann und schüttelte den Kopf.

»Siehst du. Kein Mensch auf dieser Welt ist perfekt. Auch die Menschen, die dich am meisten lieben, sind nicht immer so, wie du es dir wünschst oder erwartest«, fuhr Traugott fort. »Je mehr du akzeptieren kannst, dass nicht alles so ist, wie du es gerne hättest, desto weniger wirst du leiden. Und wenn es dir gelingt, jede Situation als Geschenk und nicht als Strafe zu betrachten, wirst du nie wieder leiden.«

»Das ist manchmal ganz schön schwer«, sagte ich.

»Ja«, antwortete Traugott, »das ist es.«

»Kannst du es?«, fragte ich.

»Nein. Manchmal ist es leichter, manchmal schwerer, manchmal unmöglich. Entweder bist du stark und robust wie ein mächtiger Baum mit kräftigen Ästen – dann macht dir ein heftiges Unwetter oder schwerer Schnee nichts aus – oder du bist wie die Weide, die sich der Last des Schnees beugt und mit ihren Ästen im Sturm mitfedert.

Der kräftige Baum kann ein Unwetter leicht akzeptieren. Den berührt das nicht. Er steht weiter solide und stark auf seinem Platz, so selbstverständlich und absichtslos, als wäre es zu keiner Zeit anders gewesen. Wärst du wie der dicke Baum, dann hätte es dir nichts ausgemacht, wenn deine Geburtstagsfeier ins Wasser gefallen wäre. Du hättest den gleichen Spaß daran gehabt, wie wenn es den ganzen Tag schön geblieben wäre. Es hätte dich nicht berührt.

Die Weide allerdings ist zarter. Ihre Äste sind weniger robust. Sie bewegt sich im Rhythmus der Ereignisse mit, um nicht die ganze Härte abzubekommen. Sie ist auf eine andere Art widerstandsfähig. Sie ist flexibler, anpassungsfähiger und verzeihender. Wärst du wie die Weide, wärst du vielleicht enttäuscht gewesen, aber du hättest in der veränderten Situation das Beste daraus gemacht. So gehen der Baum und die Weide unterschiedlich mit derselben Situation um, jeder auf seine Art, jedoch ohne zu leiden.

Bewege dich mit den Schwingungen der Ereignisse, ohne gegen sie anzukämpfen. Geduld ist eine Eigenschaft, die dir dabei hilft. Auch die Fähigkeit, sich dem Lauf der Dinge anvertrauen zu können. Sich Gott anvertrauen zu können. Wäre die Weide nicht biegsam, würde sie keinen schweren Winter und kein Unwetter überleben. Sei weniger starr in deinen Ansichten, habe Geduld mit dir und den Menschen, die dich umgeben. Mache es wie die Weide. Praktiziere die Weichheit, federe die Ereignisse ab und lasse auch die Menschen einfach sein, wie sie sind.«

Ich schwieg. Traugott verschwand wieder hinter dem grünen Filzvorhang, um noch Apfelsaft zu holen. Ich hatte das Gefühl, seinen Ausführungen nur bis zu einem gewissen Punkt folgen zu können. Darüber hinaus erschien mir alles zu groß, zu weit, zu fremd, zu fragwürdig. Ich konnte die großen Zusammenhänge nicht verstehen. Und wenn alles so wäre, wie Traugott sagte, warum lernten wir das nicht in der Schule? Warum sprach niemand darüber? Warum verhielt sich niemand danach? Warum gab es so wenige Vorbilder, von denen man lernen konnte?

»Weißt du«, sagte Traugott, als er wieder aus seinem Vorhangversteck hervorkam, »es ist gut, wenn du zweifelst. Der Zweifel sorgt dafür, dass du dich überhaupt mit dem Glauben beschäftigst. Der Zweifel sorgt dafür, dass du Dinge hinterfragst. Ohne Zweifel wäre Fortschritt zu keiner Zeit möglich gewesen. Hätte niemand jemals angezweifelt, dass sich die Sonne um die Erde dreht, würden wir es vermutlich heute noch glauben. Erinnere dich: Alles hat zwei Seiten. Der Zweifler weiß das. Deshalb heißt er wahrscheinlich Zweifler. Nur der Ein-fältige hat das noch nicht erkannt.«

»Ich verstehe aber nicht, warum die Welt denn dann nicht schön ist.«

»Die Welt ist schön. Sieh dir die Natur an. In der Natur gibt es nichts, dem es an Schönheit mangelt. Gott hat die Natur geschaffen, um uns die Schönheit darzubringen. Aus der Schönheit der Natur kommt das Staunen über die Größe, die Vielfalt, die Ordnung die herrscht, die Zyklen, denen sie unterworfen ist. Jeder Jahreszeit, jedem Monat wohnen ein eigener Charme und eine eigene Charakteristik inne. Für alles gibt es die rechte Zeit. Selbst im Winter, wenn die Natur ruht, präsentiert sich hierzulande die Landschaft unvergleichlich schön in ihrem weißen Kleid. Die Natur hat nur Schönheit hervorgebracht. Es geht darum, die Schönheit wieder zu sehen. Schönheit ist nur da, wenn du sie auch siehst, du erkennst sie nur, wenn du ihr deine Aufmerksamkeit schenkst, sie wahrnimmst.

Es geht also darum, die Schönheit in uns zum Ausdruck zu bringen. Alles ist in Hülle und Fülle vorhanden. Jede Pflanze, jedes Tier hat, was sie bzw. es braucht. Blumen gibt es in Anzahl, Größen, Formen und Farben geradezu verschwenderisch viele! Jede Landschaft besitzt ihre ureigene Schönheit: die Berge, die Seen, das Meer, die Wüste. Nur sieh, was der Mensch daraus gemacht hat. Gott hat uns den freien Willen gegeben, zu jeder Zeit, in jedem Augenblick selbst zu entscheiden. Gott mischt sich in unsere Entscheidungen nicht ein. Die Menschen entscheiden sich nur leider nicht immer für das Schöne und für das Gute und deshalb haben die Zustände auf der Erde auch ein solch chaotisches Ausmaß angenommen.

Die Menschen sind so, wie sie denken, und leider haben sie nicht immer gute Gedanken. Die Welt ist so, wie sie ist, weil Gier im Spiel ist. Viele sind gierig, weil sie sich und ihre Bedürfnisse über alles andere stellen. Die Welt ist so, wie sie ist, weil Neid im Spiel ist. Weil viele Menschen das Leben anderer vergiften wollen, wenn ihres vergiftet ist. Gier und Neid sind die größten Übel der Menschen. Was ist Neid? Neid ist immer nur Ausdruck des eigenen Mangels und Gier Ausdruck der eigenen Leere. Wie soll Frieden unter den Menschen auf der Erde herrschen, wenn Gier und Neid so weit verbreitet sind?

Schau dir einmal deinen kleinen Kreis an – so wie deine Klasse. Herrscht da Frieden?«

»Nein, nicht immer«, sagte ich.

»Siehst du. Wir können nicht verlangen, dass Frieden in die Welt kommt, wenn wir nicht fähig sind, in unserem kleinen Kreis den Frieden zu erhalten. Wir können nicht verlangen, dass die Kriege beendet werden, wenn wir unsere persönlichen Kleinkriege weiter ausfechten. Wir können nicht verlangen, dass die Streitigkeiten zwischen den Völkern enden, wenn wir selbst nicht bereit sind, die unseren beizulegen. Wir können somit nicht verlangen, dass die Feindseligkeiten unter den Menschen aufhören, denn wenn wir nicht bereit sind, in unserem engsten Umfeld zu verzeihen. Wie sollte es dann im Großen funktionieren? Denk nur an Samuel. Es scheint für viele selbstverständlich, dass die Kriege auf der Welt beendet werden müssen, aber bei ihren persönlichen Kleinkriegen bleiben sie unnachgiebig.«

Traugott trank einen Schluck Apfelsaft und sprach dann unbeirrt weiter.

»Viele Menschen glauben auch gar nicht an Gott. Viele denken, dass Gott sie nicht liebt, und verhalten sich dementsprechend. Andere sagen zwar, es gäbe Gott und er liebe sie, doch sie fühlen und glauben tief in ihrem Herzen nicht. Deshalb ist die Welt so, wie sie ist.

Aber wenn sie es wirklich glauben würden, dann würde die Liebe, die in ihnen ist, sich mehr und mehr ausbreiten, andere Menschen berühren und alle könnten geheilt werden. Es ist wirklich sehr einfach. Wenn mehr Leute wirklich glauben würden und verstünden, worum es im Leben geht, dann wären sie innerlich nicht so leer und müssten diese Leere nicht dauernd durch Ablenkungen, Konsum und Sensationen füllen. Es ist ein Phänomen der Gesellschaft, in der wir heute leben: Wir sind mit äußerer Fülle gesegnet, können uns viel leisten und finden trotzdem keine Erfüllung in den Dingen, die wir tun oder die uns umgeben.

Wenn du Gott in dir hast, gibt es keine Leere mehr, die du füllen musst, dann bist du ganz. Gib der Liebe die höchste Priorität. Sieh Gott in allen Menschen, ohne sie zu bewerten. Akzeptiere in Liebe ihre Andersartigkeit und erfreue dich an ihrer Vielfalt.

Sieh, wie viele verschiedene Blumen es auf der Erde gibt, wie viele Arten, wie viele Farben, wie viele Formen. Wie langweilig wäre die Erde ohne diese üppige Vielfalt. Wie langweilig wäre unser Leben, wenn alle Menschen gleich wären. So langweilig wie ein Musikstück, das nur aus der fortwährenden Wiederholung von ein und derselben Note besteht. Seien wir dankbar, dass wir so verschieden sind, dass jeder so einzigartig ist, wie er ist. Betrachte diese Einzigartigkeit in jedem Menschen.

Der Planet braucht Liebe. Liebe zu uns selbst, Liebe zu den Menschen, die ihn bevölkern, Liebe zu den Tieren, die ihn beleben, Liebe zur Natur, die alles einbettet und uns mit Schönheit und Lebenskraft versorgt. Die Welt ist starr geworden. Wir benötigen mehr Sanftmut und mehr Liebe. Lebe es. Sei ein Vorbild. Dann werden dir andere folgen. Und je mehr folgen und wieder Vorbild sind, desto eher wird sich der Frieden ausbreiten.

Beginne in deinem engsten Kreis und triff die Entscheidung Hass, Unfrieden, Streitigkeiten zu bereinigen oder erst gar nicht aufkommen zu lassen. Sieh in jedem Menschen nicht nur die äußere Hülle, sondern schaue tiefer in seine Seele und du wirst Gott in ihm finden. Und dann verstehst du, dass alle miteinander verbunden sind und dass jeder geliebt und geachtet werden will. Die Menschen, die Tiere, die Pflanzen und die Erde, auf der wir leben. Und auch dein Samuel.«

***

Kapitel 8

Wenn man verlassen wird, verlässt man gleichzeitig auch sich selbst. Man vernachlässigt sich. Man isst schlecht, unregelmäßig, zu viel oder zu wenig. Ich gehöre zu jenen, die aufhören zu essen.

»Wer ist es wert, dass man sich in seinem unendlichen Schmerz gefangen hält? Wer?«, höre ich Traugott sagen. Ist Simon es wert? Vielleicht liebe ich ihn so sehr, weil er mich liebte und weil ich es liebte, dass er mich liebte, und weil ich mich zu wenig liebte.

Ich schlüpfe in eine frische Bluse, streiche mir die Haare glatt und verwende wieder einmal Lippenstift. Nicos Piratenparty ist im Villenviertel. Ich will nicht fahl und schludrig dort auftauchen und aussehen wie eine Frau, die Männern nicht mehr gefallen will. Bevor ich mich auf den Weg mache, um ihn abzuholen, lese ich noch Traugotts fünfte Notiz.

Vom inneren Halt, den du hast
Spüre, wie du mit beiden Beinen auf dem Boden stehst. Spüre, wie dein Körper dich trägt. Spüre die

Standfestigkeit und gehe. Wenn du dich irgendwo anhalten möchtest, halte dich in dir an.

Spüre den Halt, der aus deinen Beinen kommt, und die Verbundenheit mit der Erde und dann geh. Spann ein Seil von deinem Kopf nach oben, zu Gott, und du wirst mehr Halt haben, als du je zuvor in deinem Leben gehabt hast. Und dann gehe mit Zuversicht.

Vertraue dem nächsten Schritt, den du gehst, vertraue dem Halt, den du hast, weil du dir endlich dessen bewusst bist. Dann brauchst du nichts mehr im Außen. Du brauchst absolut gar nichts, außer das Wissen und das Bewusstsein um diesen inneren Halt.

Stell dir das bildlich immer so vor. Wenn dich wer angreift, baue einen Schutzwall auf, es wird alles abprallen. Es kann niemand mit unreinen Gedanken mehr an dich heran, denn du stehst fest auf der Erde. Du bist nach oben hin abgesichert, wie etwa mit einem Sicherungsseil im Klettergarten, und bist umgeben von einem unsichtbaren Schutzpanzer. Es kann dir nichts passieren. Gehe ohne Angst. Wenn du die Festigkeit im Leben spürst, kannst du Hingabe leben. Nur aus dem Halt kannst du dich hingeben. Wenn du dich ohne Halt hingibst, bist du ausgeliefert. Du kannst anderen nur geben, wenn du selbst ganz fest in dir verankert bist.

Die meisten Menschen suchen den Halt im Konsum. Das ist kurzweilig. Sie suchen den Halt in einer Beziehung oder Freundschaften, das ist unverlässlich und macht sie abhängig. Wenn die Beziehung Risse bekommt, wird der Halt geschwächt. Sie suchen den

Halt in der Ablenkung. Das ist nur ein scheinbarer
Halt, um sich mit der Wahrheit nicht auseinanderset-
zen zu müssen. Sie suchen Halt in der Familie. In
Wahrheit braucht jedoch die Familie Halt und Kinder
müssen ihre eigenen Wege gehen. Sie suchen Halt in
Büchern. Ein Bücherstapel ist instabil. Sie suchen Halt
im Beruf und machen sich abhängig von äußeren
Umständen. Und äußere Umstände sind instabil. Sie
suchen Halt im Geld. Glauben sie wirklich, dass man
Halt kaufen kann? Sie suchen Halt in der sexuellen
Erfüllung. Was machen sie, wenn der Körper altert?
Wo immer sie den Halt im Außen suchen, machen sie
sich abhängig von anderen, von den äußeren
Umständen, von der Umwelt. Jeder kann den Halt
immer und ausnahmslos nur in sich selbst finden.
Denk immer daran, mache dir das immer bewusst.

Um Halt zu finden, will ich gehen. Ich lasse das Auto stehen und gehe ein paar Stationen zu Fuß, dann erst steige ich in den Bus. In dem Viertel gibt es eine Anhäufung von prächtigen Bauten. Kastanienbaumalleen sind gesäumt von großbürgerlichen, alten Villen, jede einzelne mit einem Vorgarten, mit Zäunen aus Gusseisen und geometrisch gestutzten Hecken.

Ich kenne kaum jemanden der anwesenden Mütter und Väter, wir sind uns noch nicht auf einem Elternabend begegnet, weil das Piraten-Geburtstagskind Elias aus Nicos Parallelklasse ist. Man stellt sich nicht mit seinem Namen vor, sondern als Mutter bzw. Vater von Soundso.

»Hallo, ich bin die Mutter von Elias«, begrüßt mich die Gastgeberin.

»Hallo, ich bin die Mutter von Nico.«

Für die Kinder war es ein vergnügtes Fest. Sie sind ausgelassen und haben erhitzte Gesichter. Keines will nach Hause gehen. Meuterei der kleinen Piraten. Sie schießen mit Kanonenkugeln aus Schaumstoff auf alle, die heimgehen und sie von Bord nehmen wollen.

Die Eltern sind gefügig. Sie bleiben noch auf ein Glas Weißwein oder Prosecco. Für sie werden kleine Blätterteigtaschen mit Spinat oder Lachs gereicht. Es gibt aber auch noch Reste von der Geburtstagstorte, Hühnchen-Nuggets und Weingummis in Tierform. Ein Vater steht abseits einer Mütterrunde ebenso verloren wie ich in der Küche dieser atemberaubenden Villa. Er streckt mir die Hand zur Begrüßung entgegen.

Das Ambiente erinnert an die Hochglanzabbildungen einer Wohnzeitschrift oder einem Möbeldesignkatalog. Alles ist perfekt. Das Haus, die Lage, die helle, vorwiegend in Creme gehaltene Einrichtung, der offene Kamin, die Wohnlandschaft, die Piratenparty, das Buffet. Von der Küche führt eine Tür auf die Terrasse, mit einem Loungebereich mit Kissen und brennenden Teelichtern. An der Decke hängen mit Helium gefüllte Luftballons mit langen bunten Kordeln. Die Gastgebereltern sind glücklich verheiratet. Zwei süße Kinder. Einzig die Hühnchen-Nuggets sind nicht knusprig, sie schmecken cremig.

Eltern stehen in der Küche, tauschen Ahs! und Ohs! aus und geben sich ihrem Mitteilungsdrang hin. Oberflächliches Geplauder. Der Vater von Soundso, dessen Namen ich mir nicht gemerkt habe, spricht wenig und schaut ähnlich verkrampft wie ich. Er sieht sympathisch aus, ist schlank, unrasiert und hat ein kräftiges Kinn. Als er nach einem Weingummi greift, ertappe ich mich dabei, wie ich auf seine dichten kastanienbraunen Haare starre. Offenbar spürt er meinen Blick und dreht sich nach mir um. Schmunzelte er gerade? Er schiebt ein zweites Weingummi nach, dann ein drittes und ein viertes. Mit aufgesetzt verstohlenem Blick, hält er mir den bunten Pappteller hin und lächelt verschmitzt. Ich lächle zurück und stecke mir gleich eine ganze Handvoll Gummitiere in den Mund. Wir lachen mit vollem Mund.

Im Wohnzimmer hängen über einer Kommode Fotos in Holzrahmen als Collage zusammengefügt. Man sieht nur das Glück. Glück zur Schau gestellt. Ein Hochzeitsbild. Die Villenbesitzer im Rosenblätterregen, im Hintergrund ein Kirchenportal. Elias lachend mit Schultüte. Elias als König mit grünem Umhang bei einer Schulaufführung. Elias' Schwester mit zwei Zöpfen und einem Schokoladeneismund. Die Familie im Wanderoutfit, im Hintergrund die Weinberge.

Ein Foto von Elias' Mutter ist besonders augenfällig. Zu sehen sind nur ihr Gesicht und die nackten Schultern. Sie ist leicht nach vorne gebeugt, trägt ihre Haare offen und einzelne helle Strähnen fallen ihr wie von einer Windbrise aufgewirbelt ins Gesicht. Im Hintergrund erkennt man verschwommen die Reling eines Bootes. Sie sieht verführerisch aus, voller Zuneigung, voller Lebenslust und Leichtigkeit. So strahlt man nur in die Kamera, wenn man vernarrt ist in denjenigen, der dahinter steht.

Es versetzt mir einen Stich, ich fühle mich gleich wieder wie eine Schiffbrüchige kurz vor dem Ertrinken. Ich muss wieder an Simon denken, an unsere ersten Küsse, an unendliche Lust, an unseren ersten Urlaub.

Der Vater von Soundso steht hinter mir und sagt: »Hübsch, was?« Ich nicke stumm.

Ich wende mich wieder ab. Er hält mir erneut die Weingummis hin, wir lächeln übereinstimmend. Dann halten wir Ausschau nach unseren Kindern und ich krame nach Nicos Jacke, die irgendwo an der von Jacken und Schirmkappen völlig überladenen Wandgarderobe hängen muss. Nur unter Protest zieht Nico Schuhe und Jacke an und wir verabschieden uns. Ich beobachte aus dem Augenwinkel wie der Weingummi-Vater Elias innig umarmt und höre erstaunt, dass dieser Papa zu ihm sagt. Ich schaue ihn fragend an, als wir zum Gehen in der Tür stehen.

»Ich habe meinen Sohn auf seiner Geburtstagsparty nur kurz besucht, er hat es sich so gewünscht. Ich bin nur noch Wochenende-Papa«, sagte er, als habe er meine Gedanken erraten. Ich verstehe und nicke nachfühlend. Er offenbart es ruhig, ohne Verbitterung, aber mit einem Hauch von Wehmut.

Ich wundere mich über seine Offenheit. Er bietet mir an, uns mit seinem Wagen mitzunehmen. Ich lehne dankend ab. Er hätte seine Frage anders formulieren müssen. Anstelle von: »Darf ich euch mitnehmen?«, hätte er sagen sollen: »Ich bringe euch nach Hause.« Dann hätte ich nicht Nein sagen können. Frauen, die unglücklich sind, sind nicht anziehend. Ich muss erst lernen, mich wieder begehrenswert zu fühlen. Er hat mir gefallen, aber ich habe nicht gewollt, dass er meine Traurigkeit spürt, obgleich mir seine ähnlich zu sein scheint.

Ich nehme Nico an der Hand und wir schlendern gemeinsam durch die Straßen heimwärts. Nico erzählt mir vom Piratenfest, zeigt mir stolz die Schaumstoff-Kanonenkugel, die er bei einem Spiel gewonnen hat, und wirft sie in die Luft. Im Park läuft er den Tauben hinterher und spielt mit der Kanonenkugel Fußball. Er lacht und ist fröhlich. Am Ausgang des Parks steigen wir in den Bus. Es ist Samstagabend.

Zu Hause setze ich Nico in die Badewanne, wasche ihm die verschmierten Bartstoppeln ab und ziehe ihm seinen Pyjama an. Nach dem Essen legt er sich ins Bett, ich lege mich zu ihm und streichele seine Wangen. Er besteht darauf, dass ich ihm aus seinem Lieblingsbuch vorlese, aber wir schlafen beide ein.

Kapitel 9

》》 Alles, was existiert, war vorher eine Idee. Ideen entstehen im Geist. Irgendwann einmal hat jemand die Idee gehabt, Erdbeereis herzustellen. Irgendwann einmal hat jemand die Idee gehabt, diesen Sessel zu bauen, auf dem du gerade sitzt.

Der Sessel ist, bevor er real wurde, im Kopf seines Konstrukteurs entstanden. Dieser hat sich überlegt, wie breit die Sitzfläche sein soll, wie hoch die Sesselbeine und die Rückenlehne sein sollen, damit man bequem sitzen kann, und ob er Armlehnen haben soll oder nicht. Vielleicht hat er sich auch vorgestellt, dass sich ein Mädchen genau wie du an einer Armlehne mit dem Rücken anlehnt und seine Beine über die andere baumeln lässt. Aus der Idee, einen Sessel zu konstruieren, ist der Sessel entstanden. Aus der Idee von Erdbeereis ist das Erdbeereis entstanden. Alles, was sich als Materie darstellt, war zunächst einmal nur eine Idee. Alles, was von Menschen gemacht worden ist, war zunächst einmal eine Idee, eine Vorstellung im Geist. Sieh dich um: Jedes Buch hier, das Glas, aus dem du trinkst, der Apfelsaft, der Strohhalm, alles das war zunächst nur eine Idee, ein Gedanke.

Was ich damit sagen will, Theo, ist, dass am Anfang von allem immer der Geist steht. Die Idee entsteht im Geist. Die Vision entsteht im Geist. Dem geistigen Bild, das wir uns von etwas machen, folgen Worte und Taten.

Ich stelle mir vor, wie der Mann, der den Sessel als Bild im Kopf hatte, sich ans Werk gemacht hat: Er hat einen Entwurf gezeichnet, das Holz zugeschnitten, es gesägt, gehobelt, geschliffen und die einzelnen Teile verleimt – und dann war der Sessel fertig. Ich stelle mir auch vor, wie der Eismann Erdbeeren pürierte, Milch und Zucker hinzufügte und die Masse dann tiefgefroren hat. Weiterhin kann ich mir gut vorstellen, wie er seiner Frau von der Idee erzählte, die beiden am Abend zusammen das Eis gekostet und überlegt haben, wie es noch besser schmecken könnte. Du wirst sagen, das sei nichts Neues und vollkommen logisch«, stellte Traugott fest. »Wenn ich eine Idee von etwas habe, stelle ich mir vor, wie es aussehen könnte, und dann mache ich es nach diesem Bild, das ich mir davon gemacht habe.«

»Genau.«

»Aber weißt du, was das bedeutet? Wir erschaffen mit unseren Gedanken die Realität. Und das ist wieder ein kosmisches Gesetz. Bist du dir der Tragweite dieses Gesetzes bewusst?«

Ich schaute Traugott fragend an und schüttelte den Kopf.

»Das heißt, dass das, was du denkst, zu deiner Realität wird, und dass du dein Leben somit selbst erschaffst. Wenn alles, was es gibt, vorher ein Bild in deinem Geist war, dann heißt das: Was du denkst, das wirst du. Das was du denkst, das bekommst du. Das was du denkst, wird sein.«

Ich überlegte.

»Ich war alleine und einsam und hatte die Idee, zu dir zu gehen. Also habe ich mit meinen Gedanken meine Realität erschaffen«, sagte ich dann.

»Genau, so ist es«, rief Traugott aus. »Du denkst, der Samuel ist böse zu dir und lacht dich aus? Das, was du denkst, wird sein. Also denke neu. Du grübelst darüber nach, dass das Geburtstagsfest ins Wasser fallen könnte, weil du Angst hast, es könnte regnen? Dann male es dir neu aus. Stell dir dein Fest so vor, wie du es haben möchtest. Stell dir vor, dass die Sonne scheint, stell dir vor, dass deine Geburtstagstorte im Schatten des Sonnenschirms steht. Stell dir den blauen Himmel vor und stell dir vor, wie ihr in der Sonne lacht und Spaß habt.«

»Aber ich kann doch mit meinen Gedanken keinen Einfluss auf das Wetter nehmen?! An dem Tag hätte es doch auf jeden Fall geregnet.«

»Das kann schon sein, aber vielleicht hättest du, wenn du anders gedacht hättest, intuitiv einen anderen Tag oder einen anderen Ort für deine Geburtstagsfeier gewählt. Einen Tag, an dem die Sonne geschienen hätte, oder ein Ort, wo es eben nicht geregnete hätte. Es stimmt, du wirst alleine die äußeren Umstände nicht beeinflussen können, aber das, was du mit deinen Gedanken beeinflussen kannst, sind die Auswirkungen der Umstände auf dich.«

»Ich kann das nicht glauben. Ich möchte zum Beispiel gut Fußball spielen und habe mir oft vorgestellt, dass ich ein tolles Tor schieße, aber ich bin einfach zu schlecht.«

»Du willst eine gute Fußballspielerin sein? Dann erfinde dich neu. Du hast dir vielleicht oft vorgestellt, dass du ein tolles Tor schießt, aber du sagst ja selbst, dass du eine schlechte Fußballspielerin bist. Verstehst du? Du bist ja selber schon davon überzeugt, dass du schlecht bist. Diesen Gedanken musst du streichen und durch einen neuen ersetzen wie: Ich bin eine gute Fußballspielerin. Denke es neu.«

»Wie kann ich es denn neu denken, wenn ich doch weiß, dass ich schlecht spiele?«

»Indem du jedes Mal, wenn du denkst, du seist schlecht, den Gedanken ersetzt durch: Ich bin eine gute Fußballspielerin.«

Ich protestierte: »Aber das ist doch nicht wahr. Wie soll ich etwas glauben, von dem ich weiß, dass es nicht wahr ist?«

»Wenn du davon überzeugt bist, dass du schlecht bist, wirst du es auch bleiben. Denn das, was du denkst, wird deine Zukunft. Und wenn du immer wieder das Gleiche denkst, wird deine Zukunft sehr vorhersehbar werden. Sie wird so sein wie deine Vergangenheit. Wenn du neu denkst, wirst du irgendwann dahin kommen, gut zu sein.

Du brauchst eine klare Absicht und ein inneres Feuer. Du musst die Vision von dir lebendig halten, so als wäre sie bereits Realität, als hätte die Zukunft bereits stattgefunden. Denke es dir immer und immer wieder, bis du es so verinnerlicht hast, dass du davon überzeugt bist, und trainiere, denn um eine gute Fußballerin zu sein, musst du natürlich trainieren.

Erfolgreiche Menschen wissen, was wichtig ist, und lassen sich nicht ablenken. Sie geben sich der Sache hin. Große Erfolge kommen nur durch Hingabe, Konzentration und Leidenschaft. Hingabe bedeutet Begeisterungsfähigkeit und Opferbereitschaft, d. h., auch manchmal auf Dinge zu verzichten, die dich dem Ziel nicht näher bringen. Damit eine Sehnsucht in Erfüllung geht, brauchst du eine feste Absicht. Die Absicht legt das Fundament, sie ist die wahre Kraft hinter dem Wunsch.«

»Aber ich wünsche mir doch, eine gute Fußballspielerin zu sein!«

»Ja, du wünschst es dir, aber gleichzeitig glaubst du nicht daran, dass du es sein kannst. Das passt nicht zusammen. Du kannst es dir nicht nur wünschen, sondern du musst davon überzeugt sein, dass du es schaffen kannst. Du musst

Vertrauen in dich haben, in den Gott in dir. Und dich darauf konzentrieren. Konzentration erfordert, dass du deine Energie auf dein Ziel fokussiert. Glaube nicht, dass Gott etwas für dich tut, wenn du nicht bereit bist, es für dich zu tun. Konzentriere deine ganze Energie darauf. Tue es und vertraue – und du wirst Meister! Man kann seinen Lebenstraum nur erfüllen, wenn man bereit ist, gewisse Anstrengungen zu unternehmen.

Was hindert uns immer wieder daran, etwas Gutes zu denken? Es ist die Angst zu versagen, die Sorge, etwas nicht zu schaffen, oder der Zweifel, etwas nicht zu können. Wenn diese Gefühle aufkommen, schiebe sie weg und ersetze sie durch diesen einen Gedanken: Ich bin eine gute Fußballerin.

Verstehst du was ich meine? Ist das nicht spannend? Wenn Angst in deinem Denken aufkommt, wenn sie sich in deinem Kopf breitmacht, dann sage dir nicht: Ich habe Angst und die plagt mich so sehr und die Angst geht nicht weg, ich fürchte mich so. Wenn die Angst kommt, lasse sie wieder gehen, schiebe sie gedanklich aus dem Kopf, etwa wie der Scheibenwischer den Regen von der Windschutzscheibe eines Autos, und denke neu. Oder nimm sie gedanklich aus deinem Kopf heraus, halte sie bildlich in der Hand fest und wirf sie aus dem Fenster hoch in den Himmel hinauf. Dann denke neu.

Wenn du glaubst, du kannst etwas nicht und hast davor Angst, denke neu und stelle dir vor, wie es ist, wenn du es schon geschafft hast. Du bist, was du denkst, und du wirst, was du denkst. Also denke etwas Gutes. Jeder Tag ist immer ein neuer Beginn. Beginne gleich mit etwas Gutem. Denke dir sofort etwas Schönes aus. Denke und sage nur das, von dem du wirklich willst, dass es sich erfüllt. Wenn du immerzu Großes von dir selbst erwartest, dann kommt das Beste in dir zum Vorschein. Theo, denke immer daran, es gibt das kosmische Gesetz, welches lautet: Der Geist bestimmt die Materie. Oder anders ausgedrückt: Das was ich denke, das erschaffe ich. Im Universum geht kein Gedanke verloren. Jeder Gedanke kehrt wieder zum Absender zurück.«

»Aber ich lüge mich doch dann selbst an. Ich rede mir ein, gut Fußball spielen zu können, und weiß doch, dass ich es nicht kann.«

»Noch nicht kann«, korrigierte Traugott mich. »Dein Wunsch, gut Fußball zu spielen, ist nicht unrealistisch. Du bist sportlich, hast zwei gesunde Beine, kannst vermutlich schnell laufen und hast den Wunsch, gut zu spielen. Vertraue auf die Möglichkeit, gut darin zu werden, und stelle dir vor, wie es ist, wenn du dein Ziel schon erreicht hast.

Dabei lügst du dich nicht an, sondern du fütterst deinen Geist mit guten Gedanken. Das ist wesentlich klüger, als darüber immer und immer wieder zu lamentieren, dass du eine schlechte Fußballspielerin bist. Als du klein warst und laufen gelernt hast, hast du es auch immer wieder versucht – bist hingefallen, wieder aufgestanden und hast es erneut versucht. Ich glaube nicht, dass du dir damals gedacht hast: Ich bin schlecht darin, laufen zu lernen, ich kann das nicht. Du bist immer wieder aufgestanden und hast dich bemüht und irgendwann bist du gelaufen. Als Kinder wissen wir intuitiv, was zu tun ist, wir sind unserem Ursprung noch nahe, nur wenn wir größer werden, verlieren wir das Vertrauen in uns selbst.

Vertraue dir, du hast laufen gelernt, sprechen gelernt, lesen gelernt, rechnen gelernt und das war zum jeweiligen Zeitpunkt sicherlich genauso schwer, wie es für dich heute ist, gut Fußball spielen zu lernen.«

»Das weiß ich nicht mehr, ich kann mich nicht erinnern«, sagte ich lachend.

»Frage deine Mama, ich bin sicher, dass es so war. Alles kommt zur rechten Zeit. Niemand kann etwas erzwingen. Das Gewünschte kommt, aber eben nicht, wenn wir es herbeizerren wollen, ohne etwas dafür zu tun. Und wenn du einmal nicht weiter weißt, ruf Gott an und bitte ihn um Hilfe.«

Ich war verblüfft. »Wie soll ich Gott anrufen? Wie geht das? Wie soll ich mit ihm reden, wenn ich doch nicht einmal weiß, wo ich Gott erreichen kann?«

»Das werde ich dir gleich verraten«, sagte Traugott und setzte dabei wieder seinen bedeutsamen Gesichtsausdruck auf. »Das war ja deine brennendste Frage.«

***

Kapitel 10

»Gott redet mit dir«, sagte Traugott. Mir war, als schwebe ein Fragezeichen über meinem Kopf. »Also ich habe Gott noch nie reden gehört«.

»Nun, vielleicht redet er nicht mit dir, aber er teilt sich dir mit. Gott kommuniziert mit dir. Du kannst Gott hören, auch wenn er nicht mit Worten zu dir spricht. Wenn du träumst, kannst du doch auch mit geschlossenen Augen sehen, oder? Und wenn du mit deiner Mama morgens im Auto bei mir vorbeifährst, empfinden wir doch auch ohne Worte eine Zuneigung und winken uns zu. Begegnungen finden auch jenseits der Worte statt.«

Traugott lehnte sich zurück und zwinkerte mir zu. Schweigend schaute er mir tief in die Augen und lächelte. Ich lächelte zurück.

»Siehst du«, sagte er, »ein Lächeln ist ein Geschenk der Liebe, das dich gleich in eine andere, und zwar höhere Schwingung bringt. Wenn du Gott anrufst, antwortet er dir auch. Er verwendet nur eine andere Sprache. Er verwendet eine Sprache, die viele verlernt haben zu verstehen. Manche wollen sie vielleicht auch nicht hören oder es ist ihnen gar nicht bewusst, dass sie sie hören könnten. Es geht darum, die verborgene Sprache der Dinge zu verstehen, die Sprache unter der Oberfläche, die Sprache zwischen den Zeilen.

Gott teilt sich dir über deine Seele mit. Intuition ist die Sprache der Seele. Wenn du Verbindung zu deiner Seele aufnimmst, hörst du deine innere Stimme. Intuition ist die innere Stimme, die dich durchs Leben führt und die zum richtigen Moment das Richtige weiß, ohne dass du scharf nachdenken, über etwas grübeln oder dir den Kopf zerbrechen musst. Es gibt eine tiefe Weisheit in dir, abseits von deinem Verstand.

Die Intuition ist intelligenter als der Verstand. Was wir intuitiv wissen, wissen wir von innen heraus. Wir greifen auf ein größeres Wissen zu, eines, das viel größer ist als jenes, das wir in der Schule lernen. Eines, das wir gar nicht lernen müssen, weil es schon in uns ist. Es muss nur abgerufen werden. Und weißt du, warum es viel größer ist? Weil alle Seelen und Gott miteinander verbunden sind. Du rufst eine universelle Quelle an. In der Intuition verbindet sich Denken, Fühlen, Spüren und Erkennen in einem einzigen Augenblick und du weißt, was zu tun ist.

Wenn du wissen willst, was für dich gut ist, achte auf dein Gefühl. Wenn du wissen willst, was wahr ist, dann achte auf dein Gefühl. Gute Dinge fühlen sich immer gut an. Richtige Entscheidungen fühlen sich gut an. Spürst du ein Unbehagen, handelt es sich sicher um die falsche Entscheidung. Dieses Körperempfinden steht im direkten Zusammenhang mit der inneren göttlichen Quelle. Stelle dir eine Frage, werde still und du weißt es. Höre hin und du weißt es. Fühle es und du weißt es. Alle Antworten sind bereits in dir. Die Antworten zu allen deinen Anliegen und Lebensfragen liegen in dir selbst. Nur das Herz kennt die richtige Antwort. Es bedarf nichts anderem, als in dich hineinzuhören und zu vertrauen. Das hört sich alles völlig unspektakulär an, nicht wahr? So einfach ist es. Wenn du Gott anrufst, antwortet er dir. Du musst nur deinen Kanal öffnen.«

»Wie kann ich denn den Kanal öffnen?« Ich verstand es nicht.

»Wenn sich Gott über deine Seele mitteilt, musst du zuerst Kontakt zu deiner Seele aufnehmen, sonst wirst du Gott nicht wahrnehmen. Intuition heißt, nach innen schauen, nach innen hören. Nach innen schauen heißt, dass du Verbindung zu dir selbst, zu deiner Seele aufnimmst. Du weißt schon, deine Seele ist der kleine, helle Raum in dir drinnen.

Um nach innen zu schauen, musst du zuerst still werden. Gehe gedanklich in den kleinen Raum in dir drinnen, zu deiner Seele, dorthin, wo alles hell und klar ist und wo tiefer Friede herrscht. Wenn du das tust, nimmst du Kontakt zu dir selbst auf – zu deiner Seele, zu anderen Seelen und zu Gott – und dann erwacht die Erkenntnis, dass du nicht allein in diesem Raum bist. Richte dein Anliegen in den Raum hinein und du weißt es.«

»Der Kanal ist meine Seele?«

»Der Kanal führt durch die Seele«, antwortete Traugott. »Wenn du im Fernsehen eine Kindersendung sehen möchtest, musst du den Kinderkanal einschalten. Wenn du die Nachrichten sehen willst, musst du auf den Nachrichtenkanal umschalten. Wenn du Gott anrufst, musst du dich selbst auf eine höhere Frequenz bringen, auf eine Frequenz mit höheren Schwingungen und feineren Impulsen. Eine Frequenz, die subtiler ist, in der du hellhöriger und feinfühliger bist als in deinem ganz normalen Alltag. Eine höhere Frequenz erreichst du, wenn du deine Gedanken ordnest und sie nicht wild durcheinander laufen lässt. Du erreichst sie in der Natur, mit erhabener Musik oder in der Stille mit einem Gebet. Allein das Wahrnehmen der Stille ist schon ein Gebet. Musik schafft einen Raum, in dem Ordnung herrscht und alle unsere chaotischen und angstvollen Gedanken zur Ruhe kommen.

In einer vollkommenen Komposition herrscht absolute Ordnung. Jede einzelne Note steht ganz bewusst an ihrem Platz, keine ist überflüssig. Beim Klang der Musik tauchst du in diese Ordnung ein. Es ist einfach, den Kontakt zu deiner Seele aufzunehmen. Deine Seele ist immer bereit und sie wünscht sich auch nichts anderes, als von dir gehört zu werden und mit dir zu kommunizieren. Du musst dir nur in Erinnerung rufen, dass sie immer für dich da ist. Es reicht eigentlich schon, wenn du dir bewusst bist, dass du deine Seele bist. Je öfter du es tust, desto eher wird sich unausweichlich deine Fähigkeit erhöhen, feiner wahrzunehmen.

Wenn dich ein Problem beschäftigt, halte inne und sei achtsam. Nimm Kontakt zu dir selbst auf und halte die Augen offen. Nimm die Hinweise wahr. Deine Seele leitet dich. Versuche aus allen Begegnungen, und mögen sie dir auch noch so unbedeutend erscheinen, Hinweise zu erkennen.

Gott spricht auch durch Menschen, denen du begegnest und die dir Dinge mitteilen. Höre hin. Höre auf den Text des nächsten Liedes, das du hörst, die beiläufigen Äußerungen eines Freundes, auf Gesprächsfetzen in der Luft aber lausche auch den Geräuschen der Vögel und dem Säuseln des Windes. Sei wachsam beim nächsten Satz, den du liest, beim nächsten Buch, das du hier auf einem Bücherstapel siehst, bei einer Redensart, die dir nicht aus dem Kopf geht. Nimm den ersten Gedanken wahr, der dir kommt, und spüre, wie er sich anfühlt.

Gehe achtsam, nimm deine Beobachtungen bewusst wahr und du wirst in allen Dingen die Sprache Gottes verstehen lernen. Wenn wir beginnen, unser Feingefühl für unsere

Mitmenschen, die Tiere und unsere Umwelt wieder zu aktivieren, entstehen eine höhere Bewusstheit und ein ständiger Dialog mit Gott.

Wenn du mit deiner Seele verbunden bist, kannst du auch anderen Menschen auf Seelenebene begegnen. Intuitiv jemanden zu erkennen heißt, dass du dich mit der Seele des anderen verbindest und gefühlsmäßig weißt, wie der Mensch ist. Kommt dir das nicht bekannt vor? Manchmal lernt man Menschen kennen und sie sind einem sofort vertraut, obwohl man sich vorher noch nie begegnet ist. Manche Menschen lernt man kennen, sie sind einem auf Anhieb sympathisch und man ahnt, dass sich aus der Begegnung eine Freundschaft entwickeln kann.«

»Stimmt«, sagte ich. »Dieses Gefühl kenne ich.«

»Siehst du. Wenn alles mit allem verbunden ist, kann es dann noch Zufälle geben? Könnte es sein, dass jeder Zufall eigentlich eine Verabredung deiner Seele ist und es sich für dich nur als Zufall darstellt?«

»Aber wie sollen sich denn Seelen verständigen?«

»Wenn du jemanden auf dem Handy anrufst, ist es ganz selbstverständlich für dich, dass du mit demjenigen sprechen kannst, den du angerufen hast. Du sprichst mit ihm auf einer gewissen Frequenz. Alle sind miteinander im Netz verbunden, sodass jeder jeden anrufen kann. Denkst du, dass sich das vor 200 Jahren schon jemand vorstellen konnte?

Wenn du den Fernseher einschaltest, ist es ganz normal für dich, dass ein Bild erscheint. Kannst du dir vorstellen, dass sich das vor 200 Jahren schon jemand ausdenken konnte? Du empfängst das Bild auf einer bestimmten Frequenz. Und jeder der seinen Fernseher einschaltet, empfängt das gleiche Bild auf der gleichen Frequenz. Warum sollte es dann nicht möglich sein, dass sich Seelen miteinander verbinden können? Warum sollte es nicht Schwingungsebenen geben, auf deren Frequenz die menschlichen Seelen miteinander kommunizieren? Nur weil man es sich nicht vorstellen kann? Kann man nur glauben, was man wahrnehmen kann? Kann man davon ausgehen, dass alles, was wir mit unserem kleinen Geist nicht erfassen können, einfach nicht existiert?

Der Mensch mit seinem Verstand hat immer nur eine beschränkte Anzahl von Informationen zur Verfügung. Wir meinen vielleicht, die Welt vollständig erfassen zu können, merken dabei aber nicht, dass wir nur einen kleinen Teil von dem registrieren, woraus die Welt besteht.

Meine liebe Theo, wir wissen doch bereits, dass unsere Wahrnehmungen begrenzt sind, dass Dinge existieren, die wir Menschen mit unseren fünf Sinnen einfach nicht erfassen können. Es gibt Dimensionen und Bereiche der Wirklichkeit, über die wir kaum etwas wissen. Es liegt doch buchstäblich im Auge des Betrachters, wie die Welt aussieht. Jeder sieht die Welt mit anderen Augen. Könnten wir Infrarotwellen sehen, könnten wir auch nachts sehen und unser Bild von der Wirklichkeit wäre verändert. Würden wir das sehen, was das Auge eines Falken sieht, hätten wir wieder ein anderes Bild von der Wirklichkeit.

Eine Biene kann rot und grün nicht erkennen, dafür nimmt sie die für uns unsichtbaren ultravioletten Facetten der Blumen wahr. Das Riechvermögen eines Hundes übersteigt das unsere millionenfach. Könnten wir das riechen, was jeder kleine Dackel riecht, wäre unser Bild von der Wirklichkeit verändert. Elektrizität ist unsichtbar und doch erkennen wir ihre Wirkung. Magnetismus und Radioaktivität sind unsichtbar und doch kennen wir ihre Wirkung! Zudem befindet sich die Menschheit in einem nie enden wollenden Lernprozess. Für vieles, was für nur ein paar Generationen vor uns völlig rätselhaft war, gibt es heute Erklärungen. An manchen Theorien hat man jahrhundertelang festgehalten und war davon felsenfest überzeugt – bis sie überholt wurden, wie zum Beispiel, dass die Sonne um die Erde kreist. Wir können auch nie absolut darüber sicher sein, eine Erklärung gefunden zu haben, denn vielleicht muss sie irgendwann umgestoßen oder abgeändert werden, weil wir neue Erkenntnisse gewonnen haben.«

Mir schwirrten die Gedanken nur so durch den Kopf. Ich dachte an mein Referat über Apollo 13, daran, dass mir Iwo erzählt hatte, dass unser Sonnensystem wie eine Kanonenkugel durch das Universum donnert und wir es gar nicht wahrnehmen. Ich dachte an die Unendlichkeit, die Milliarden Sterne – und an Allegra. Ich dachte an den Augenblick, als ich meine Brille das erste Mal aufsetzte. Wie scharf plötzlich alles war, was ich vorher nur verschwommen wahrgenommen hatte. Wäre ich niemals beim Augenarzt gewesen und hätte ich niemals eine Brille aufgesetzt, würde ich vielleicht noch immer glauben, dass die Welt unscharf ist.

»Weißt du, Theo, gemessen an der Größe des Universums ist der Menschengeist unglaublich klein und so ein kleiner Geist wird nicht die ganze Wahrheit erfassen. Ich stand schon öfter vor schwierigen Entscheidungen und habe Gott um eine Antwort gebeten. Weißt du, was dann wichtig ist?«, fragte Traugott.

»Du musst seinen Rat befolgen.«

»Nein, Theo, das musst du nicht, denn Gott mischt sich in deine Entscheidungen nicht ein. Gott hat dir in jedem Augenblick deines Lebens die Freiheit der Wahl geschenkt. Du bist frei, deine Entscheidungen zu treffen. Gott ist dir nicht böse, wenn du seinen Rat nicht befolgst. Gott mischt sich in dein Leben nicht ein. Gott wird dich nicht dafür bestrafen, wenn du eine andere Wahl triffst.

Es gibt etwas, was ausschlaggebend dafür ist, dass du seine Stimme hörst: Wenn Gott zu dir spricht, musst du nur seine Antwort hören und auch darauf vertrauen, dass Gott dir geantwortet hat. Um mit dem Herzen zu empfangen, braucht es Bereitschaft und Demut. Wenn du von der höchsten Quelle eine Antwort bekommst, musst du dich auch würdig fühlen, sie zu empfangen.

Viele halten sich einfach für zu unbedeutend, als dass Gott sich für ihr Anliegen interessieren könnte. Du musst dich bedeutend fühlen, das heißt, dich würdig fühlen, die Botschaft zu hören. Denn sonst nimmst du sie nicht ernst und nicht in Anspruch. Und du wirst seine Antwort nicht verstehen. Um würdig zu sein, brauchst du nichts anderes zu tun, als dir dessen bewusst zu sein. Dir bewusst zu sein, dass du ein Kind Gottes bist und dass Gott dich liebt, genauso wie du bist. Und keinen Deut anders. Er verlangt nichts von dir. Er erwartet nichts von dir. Er erwartet nicht, dass du etwas Bestimmtes tust oder nicht tust.

Du wirst von ihm auch nicht bestraft oder verurteilt werden. Gott liebt dich nicht mehr oder weniger, sobald du dich mehr anstrengst oder du leidest. Du musst nicht leiden, nicht büßen, keine Schuld abtragen, wie es die Kirche versucht, uns einzureden. Er liebt dich so, wie du bist. Du musst dir deinen Wert nicht verdienen, weil du so, wie du bist, wertvoll bist. Du musst gar nichts tun, damit Gott dich liebt. Dein Leben ist ein bedingungsloses Geschenk. Verstehst du?

Es ist an keine Bedingung gebunden. Du bist, so, wie du bist, erwünscht. Vertraue. Du musst darauf vertrauen, dass die Entscheidung, die du getroffen hast, die richtige ist, denn Intuition kann man rational nicht begründen.«

Ich schüttelte ungläubig den Kopf. »Es gibt doch Milliarden Menschen auf der Welt. Wenn ich mir überlege, wie viele Menschen das sind, dann komme ich mir vergleichsweise klein und unbedeutend vor. Warum sollte Gott dann ausgerechnet mit mir reden und mir helfen, wenn es doch bestimmt andere gibt, die seine Hilfe weitaus notwendiger hätten als ich? Glaubst du nicht auch, dass seine Aufmerksamkeit woanders mehr gebraucht wird?«

»Theo!« Traugott klang fast entrüstet. »Gott sagt nicht: ›Du bekommst heute nichts, weil du nicht gut warst oder weil es andere Kinder gibt, die meine Hilfe mehr brauchen.‹ Und Gott wird auch nicht sagen: ›Auf diese Frage gebe ich keine Antwort, weil die Frage zu unbedeutend ist.‹ Fördert Gott das Wachstum der Rosen mehr und denkt sich bei den Veilchen, ihr bekommt jetzt keinen Regen und keine Sonne ab, weil ihr klein und unbedeutend seid? Hat eine Schnecke weniger Lebensberechtigung als ein Leopard, nur weil sie so langsam ist?

Erinnere dich, Gott ist alles, was ist, und er ist in allen Wesen. Er ist in allen Menschen, in jeder Schnecke und in jedem Leoparden. Gott ist auch in dir. Und jedes Wesen ist gleich viel wert. Du musst nur zu Gott sprechen, damit du eine Antwort bekommst. Du bekommst immer eine Antwort, kein Anliegen kann so unbedeutend sein, keine Frage kann so belanglos sein, dass dir Gott nicht antwortet. Was mir möglich ist, ist auch dir und allen anderen Menschen möglich. Nur die wenigsten tun es.

Weißt du, die meisten Menschen wenden sich an Gott vor allem dann, wenn es ihnen schlecht geht und sie verzweifelt sind. Wenn es ihnen gut geht, haben sie keinen Grund. Wenn es ihnen aber schlecht geht oder sie Angst haben und sie Gott um Hilfe bitten und er ihnen dann auch antwortet, fühlen sie sich schuldig, weil sie in guten Zeiten gar nicht an ihn denken. Und dann fühlen sie sich nicht würdig, weil sie ihn nur anflehen, wenn sie ihn brauchen. Und dann glauben sie in ihrem Innersten gar nicht, dass er ihnen hilft. Und ihr Glauben schafft wieder Realität.

Du musst dir nur in jedem Augenblick bewusst sein, dass du Gottes würdig bist, so würdig wie alle Wesen auf dieser Welt. Gott wird deine Fragen auch nur in dem Maße beantworten, wie du seine Antworten verstehen kannst. Je mehr du dich auf die Kommunikation mit ihm einlässt, desto mehr wirst du verstehen und desto faszinierender wird dir das Leben erscheinen.«

***

Kapitel 11

Die einfallende Sonne und meine Vorfreude lenken mich von meiner Müdigkeit ab. Zwei Tage sind seit dem Piratenfest vergangen. Heute fühle ich wieder mehr Auftrieb.

In der Früh bringe ich Nico zur Schule. Einem spontanen Einfall folgend habe ich mir einen Urlaubstag genommen und beschlossen, Traugott zu besuchen. Ich durchquere die Stadt zu Fuß, laufe die Ringstraße entlang, vorbei an all den ehrwürdigen Gebäuden, so wie glückselige Touristen, allerdings ohne selbst glückselig zu sein. Ich beneide sie um ihre offensichtliche Sorglosigkeit.

Am Zebrastreifen vor der letzten Kreuzung versuche ich, mit einem Bein nur auf die weißen Streifen zu springen, aber ich komme mir dabei seltsam vor, normalisiere mittendrin meinen Gang wieder und berühre dann doch die schwarzen Felder. Erwartungsvoll biege ich in die schmale Straße ein, in der ich meine Jugendzeit verbracht habe. Der Schriftzug Traugott oberhalb der Buchhandlung wirkt wie frisch geputzt. Mein Herzschlag geht schneller, meine Atmung wird unwillkürlich beschleunigt.

Ich will eintreten, aber die Türe ist verschlossen. Es ist kurz vor elf Uhr. Auf dem Schild, das an einem Saugnapf innen an der Tür baumelt, steht: »Sorry, we are closed«.

Ich klebe meine Nase fast an die Scheibe, um mit angelegten Händen die Spiegelung abzuschirmen. Es ist dunkel im Laden. Alles ist aufgeräumt, ordentlich. Unschlüssig gehe ich vor dem Buchladen ein bisschen auf und ab und halte Ausschau, ob vielleicht Traugott die Straße heraufkommt.

Unsere Straße ist wie eine Oase mitten in der Stadt, ein Ort, an dem sich kaum etwas ändert und das Leben seinen langen, ruhigen Gang geht. Die Fassade unseres ehemaligen Wohnhauses hat sich im Lauf der Jahre etwas verfärbt und ein paar Risse bekommen und Camilles Blumenladen präsentiert sich nicht so üppig wie früher. Auf dem Gehsteig stehen nur ein paar Blumentöpfe und wenige Zinkeimer sind mit Astern gefüllt. Sonst sieht alles unverändert aus.

»Camille ist heute nicht da«, erfahre ich von einem jungen Mädchen im Blumenladen.

Enttäuscht gehe ich ins *Unter uns* und setze mich draußen unter die himmelblaue Markise. Es ist kühl und windig. Eigentlich ist es zu kalt, um draußen zu sitzen, obwohl die Wolkendecke ein paar blaue Flecken und Sonnenstrahlen freigibt. Ich höre Gäste im Gastraum lachen. Ich warte. Ich warte auf Traugott. Ich warte auf den Kellner. Ich warte darauf, dass Simon zurückkommt. Ein Leben in der Warteschleife. Nachdem niemand kommt, werfe ich einen Blick ins Lokal. Ich gehe in den Innenhof. Der alte Lindenbaum hat bereits rot eingefärbte Blätter, der Herbst ist in diesem Jahr besonders früh.

Ich setze mich wieder draußen an den Tisch. Endlich kommt nun doch ein junger Kellner.

»Verzeihen Sie, ich habe Sie nicht kommen gesehen. Darf

ich Ihnen etwas bringen?«, fragt er mich und drückt mir eine Speisekarte in die Hand.

»Ja, ich hätte gerne jemanden, der mich wirklich liebt, so wie ich bin. Ich hätte gerne eine beständige emotionale Sicherheit«, antworte ich stimmlos. Er sieht mich erwartungsvoll an.

Ich bestelle Apfelsaft.

»Verzeihen Sie«, richte ich noch schnell das Wort an ihn, bevor er wieder geht. »Können Sie mir sagen, wo ich Traugott finde?«

Der junge Mann schaut teilnahmslos.

»Ich suche Traugott.« Mit der rechten Hand zeige ich zum Buchladen.

Er zuckt gleichgültig mit den Schultern.

»Den kenne ich nicht, ich glaube der Buchladen ist überhaupt geschlossen. Aber ich weiß es nicht wirklich, ich helfe hier heute nur ausnahmsweise aus«, murmelt er.

»Und Frédéric? Ist Frédéric hier?«

Der junge Mann schaut mich fragend an.

»Frédéric«, wiederhole ich, »der Besitzer dieses Cafés.«

»Ja, ähm, ich meine nein, er ist noch nicht da, er kommt meistens erst am Abend«, erwidert er mit einem bemühten Lächeln und schnalzt dabei ein bisschen ungeduldig mit der Zunge. »Soll ich Ihnen die Karte noch da lassen?«

Ich schüttele den Kopf und ringe mir ein Lächeln ab. Er nimmt die Karte wieder an sich und verschwindet im Gastraum.

Offensichtlich bin ich völlig vergeblich den weiten Weg gegangen. Ich rolle gedankenverloren die Fransen meines Wollschals über Zeige- und Mittelfinger und atme die frische Luft ein. Die Haare wehen mir ins Gesicht und ich zähle die Schläge der Kirchturmglocken, die der Wind in die Straße trägt. Danach herrscht seltsame Ruhe. Ich spüre im Rücken einen kühlen Windstoß und vergrabe fröstelnd meine Hände in den Manteltaschen. Ein Sonnenstrahl mogelt sich wieder durch die Wolkendecke, ich schließe die Augen, halte mein Gesicht in die Sonne und wärme mich ein bisschen auf.

Ich krame nach Traugotts Notizbuch in meiner Tasche und lese weiter.

6. Notiz
Vom Unterschied von Wunsch und Sehnsucht

Unsere tiefsten Sehnsüchte sind unsere Triebfeder. Sie sind die Quelle unserer Inspiration. Sie sind unsere Motivatoren. Sie lassen uns aufbrechen zu neuen Taten. Sie motivieren uns, kreativ zu sein und aus uns selbst heraus zu wachsen. Sie sind der Motor des Fortschritts und die Basis unserer Erneuerung.
Aus unseren tiefsten Sehnsüchten entstehen unsere Lebensfreude, unsere Begeisterung, unser Mut und unser Tatendrang. Sehnsucht ist frei von Erwartung und Befürchtung. An unseren tiefsten Sehnsüchten erkennen wir das Streben unserer Seele. Wünsche dagegen sind flatterhaft. Sie kommen und gehen und kaum sind sie erfüllt, entstehen neue, die auf Erfüllung hoffen. Und immerfort und immer weiter. Wer nicht innehält in diesem ewigen Streben, wird ewig auf der Suche sein: auf der Suche nach der Erfüllung seiner Wünsche. Denn was allein die Sinne erfreut, wird niemals Befriedigung schaffen, die von Dauer ist.

Jeder Wunsch entsteht aus einer Begehrlichkeit, an der eine Erwartung haftet. Mit jedem Wunsch entsteht eine neue Erwartung. Erwartungen schränken ein. Sie machen unfrei. Erwartungen lassen Hoffnungen und Befürchtungen zu. Sie engen uns ein und sind die Wurzel von Enttäuschungen und Depression.

Das Leben ohne Erwartungen und Befürchtungen zu leben, das ist das hohe Ziel. Dann leben wir im Fluss der Ereignisse und im absoluten Vertrauen, dass es so, wie uns geschieht, richtig und gut und von Gott gewollt ist.

Wir können mit der Wahrnehmung, die uns heute zugänglich ist, niemals das große Ganze überblicken und können niemals sicher sein, dass das, was wir unser größtes Unglück nennen, nicht unser größtes Glück ist und dass das, was nach unserem Ermessen das größte Glück ist, am Ende doch nur eine große Enttäuschung ist. In diesem tiefen Vertrauen sollten wir unseren Träumen folgen – ohne Erwartungen oder Befürchtungen, nur mit dem Ziel der reinen Freude des Erschaffens, ohne Festzuhalten am Ergebnis.

Sehnsüchte kommen aus dem Herzen, Wünsche aus dem Verstand. Sehnsüchte nähren die Seele und unsere Vorstellungskraft, Wünsche und Erwartungen nähren unser Ego. Sehnsüchte erweitern die Sinne, Erwartungen engen sie ein. Die Sehnsucht ist beständig, sie hört niemals auf. Wünsche sind launisch und oberflächlich. Sehnsüchte kommen aus der Tiefe, Wünsche schwimmen an der Oberfläche. Sehnsüchte kommen aus dem Inneren, Wünsche aus dem Äußeren. Sehnsucht fördert Tatendrang, Wünsche machen bedürftig.

»Darf ich Ihnen noch etwas bringen?«, höre ich den Kellner fragen.

»Ja, darf ich vielleicht doch noch einmal einen Blick in die Karte werfen?«, antworte ich.

Er reicht sie mir und ich bestelle eine Apfeltarte.

***

Kapitel 12

»Soll ich dir ein Geheimnis verraten?« Traugott nickte interessiert.

»Ich habe oft Angst. Einfach so. Meist vor dem Einschlafen«, sagte ich. »Oder vorhin, als ich alleine in unserer Wohnung war. Mein Opa behauptet zwar, dass so große Kinder wie ich keine Angst mehr haben sollten, aber ich habe trotzdem Angst.«

»Jeder Mensch hat manchmal Angst, Theo. Dein Opa hat nicht recht. Auch Erwachsene haben Angst. Manche mehr, manche weniger. Sie haben zum Beispiel Angst davor, zu lieben und abgewiesen zu werden. Sie haben Angst, etwas Neues zu versuchen und zu versagen. Sie haben Angst, zu widersprechen und sich zu blamieren. Sie haben Angst vor großen Entscheidungen, weil sie das Unbekannte fürchten oder Angst haben, das Vertraute zu verlieren. Sie haben Angst vor dem Leben oder auch Angst vor dem Tod, vor dem Alter, der Einsamkeit oder einer Krankheit. Und selbst wenn sie sehr glücklich sind und sehr schöne Erlebnisse haben, haben sie Angst, diese wieder zu verlieren. Angst ist ein Gefühl, das jeder Mensch kennt. Du bist damit nicht alleine. Jeder von uns hat schon einmal Angst gehabt. Dafür musst du dich nicht schämen.

Wenn du Angst hast, ist der erste Schritt zu akzeptieren, dass die Angst jetzt da ist. Es nützt dir nichts, wenn du dich gegen die Angst auflehnst. Denn wenn du das tust, wird sie nur immer größer, da du dauernd darüber grübelst, dass du sie nicht haben willst.

Die Gedanken, die darum kreisen, etwas nicht zu wollen, sind immer die falschen. Denn wenn du dir ganz intensiv überlegst, was du nicht haben willst – wie etwa nicht unglücklich sein zu wollen, nicht krank sein zu wollen, nicht alleine sein zu wollen und auch nicht Angst haben zu wollen –, gibst du dem Unglück, dem Kranksein, dem Alleinsein und der Angst noch mehr Kraft. Die bessere Strategie wäre, sich etwas Gutes zu wünschen. Denk an das, was du haben möchtest, und nicht weg von dem, was du nicht haben möchtest. Klar?«

»Nein überhaupt nicht, das verstehe ich nicht«, erwiderte ich.

»Gut, ich gebe dir ein Beispiel: Sage mir einmal, woran du denkst, wenn du denkst: Ich will nicht krank sein.«

»Naja, dass ich nicht krank sein will. Ich verstehe die Frage nicht.«

»Was für ein Bild entsteht in deinem Kopf?« Traugott ließ nicht locker.

Ich überlegte. »Ich stelle mir vor, wie draußen die Sonne scheint und ich im Bett mit einem Fieberthermometer unter dem Arm liegen muss. Mein Körper ist heiß, ich habe Kopfweh und bin müde – und ich bin darüber traurig, dass ich nicht hinauskann. Und ich denke, dass alle anderen jetzt fröhlich sind, draußen spielen können und dass nur ich leiden muss.«

»Genau. Und was denkst du, wenn du denkst: Ich will gesund sein?«

»Dann stelle ich mir vor, wie ich auf der Wiese herumtolle, wie ich fröhlich bin und den Schmetterlingen nachlaufe. Außerdem stelle ich mir vor, wie ich mit meinen Freunden draußen spielen kann.«

»Genau«, sagte Traugott noch einmal. »Und was fühlt sich besser an, das Fieberthermometer in der Achselhöhle oder das Flattern der Schmetterlinge auf der Wiese?«

»Natürlich die Schmetterlinge.«

»Eben! Deshalb ist der richtige Gedanke immer der, der dich dorthin führt, was du dir wünschst, und nicht weg von dem, was du dir nicht wünschst. Wenn du krank bist, dann denke an die Schmetterlinge und daran, wieder gesund zu sein. Verstehst du jetzt? Das was du denkst, wird sein! Wenn du Angst hast abends vor dem Einschlafen, was denkst du da?«

»Hm, wenn ich Angst habe, dann empfinde ich das wie eine große dunkle Wolke mit einem bösen Gesicht, die über mich kommt und mich einhüllt, und ich will nur, dass sie weggeht. Dann möchte ich eben keine Angst haben.«

»Wie könntest du es anders denken, nämlich weg von dem Gefühl Angst und hin zu einem Gefühl ohne Angst?«

»Ich müsste das Gegenteil von Angst denken?«

»Richtig.«

»Und was ist das Gegenteil von Angst?«, fragte Traugott.

»Hoffnung …?«

»Denk mal an meinen Namen.«

»Vertrauen?«

»Ja genau, Vertrauen … und Liebe. Wie ist das, wenn das große Ungetüm von Angst über dein Bett kriecht, bevor du einschläfst, und sich in deinem Kopf breitmacht und du nicht mehr weißt, was du machen sollst? Was wünschst du dir dann am meisten?«

»Ich wünsche mir einen Schutzpanzer, sodass die Angst selbst Angst bekommt und davonläuft«, rief ich. »Oder ich wünsche mir, dass meine Mama die Angst aus meinem Kopf nimmt.«

»Das verstehe ich. Nur kann leider niemand in deinen Kopf hinein und dir die Angst wegnehmen. Das kannst nur du selbst tun und niemand anderer kann dir das abnehmen, leider auch nicht deine Mama. Wenn die Angst kommt, ist der richtige Gedanke: Ich bin beschützt. Wenn du beschützt bist, hat die Angst keine Chance, sich deiner zu bemächtigen, weil du ja weißt, dass sie dir nichts anhaben kann. Denn wenn du beschützt bist, hat sie keine Chance, in dich zu dringen, sie prallt einfach an dem gedanklichen Schutzschild ab, welches dich umgibt.«

»Aber woher weiß ich, dass ich wirklich beschützt bin?«

»Das weißt du. Gehe in den Raum tief in dir drinnen, dahin, da wo es hell und klar ist, dorthin, wo deine Seele ist. Gehe ins Innere, dorthin, wo du zu Hause bist und denke: Ich bin beschützt. Und die Angst wird verschwinden.

Das Gegenteil von Angst sind die Liebe und das Vertrauen. Es ist mutig zu vertrauen«, lächelte Traugott. Es ist dein Vertrauen in den kleinen Raum in dir, welches dir die Sicherheit gibt zu wissen, dass alles, was ist, gut ist. Es ist die Liebe zu diesem Raum in dir, zu deiner Seele, und die Liebe zum Göttlichen in dir selbst. Sieh dich als Teil von allem, was ist, und die Angst geht weg. Öffne die Tür zu deinem inneren Raum, lass die Liebe hinein und die Angst wird verschwinden.«

»Aber der Raum in mir drinnen, wie sieht der denn aus?«, fragte ich nach. »Ich kann mir das nicht vorstellen.«

»Diesen Raum kannst du dir selbst gestalten. Es kann ein Ort sein, den du kennst und der wirklich existiert, oder ein Ort, den du dir einfach nur vorstellst. Den Raum tief in dir drinnen findest du am besten, wenn du dir einen Ort ausmalst, an dem du gerne sein möchtest, oder einen Ort, an dem du schon einmal sehr glücklich warst. Es ist ein Ort, an dem du dich sehr geborgen fühlst, an dem du dich ganz sicher fühlst. Und immer wenn du Angst hast, gehe in Gedanken an diesen Ort, denn dort bist du beschützt und dort weißt du, dass alles gut ist. Dann wird die Angst weniger bedrohlich, sie schrumpft, bis sie so klein ist, dass sie in deiner Hand Platz hat und du sie zerquetschen kannst. Wie könnte dein innerer Ort aussehen?«

»Ich weiß nicht«, sagte ich, »da muss ich nachdenken. Hast du auch so einen Ort?«

»Ja, den habe ich auch. Mein Ort liegt in Frankreich, in der Bretagne, am Meer. Mein Ort ist ein kleines Häuschen. Dort wohnen all die, die ich liebe. Meine Mama und mein Papa, aber auch Menschen, die ich einmal sehr geliebt habe, wie meine Tante und meine Oma. Dort ist auch mein Hund, der schon vor vielen Jahren gestorben ist.

Es ist ein sehr schöner Ort. Dort scheint immer die Sonne, es ist warm und das Meer ist tiefblau. Es gibt Möwen und Kormorane. In der Nähe ist ein kleiner Hafen, wo die Fischer ihren Fang gleich von den Booten verkaufen. Es gibt hohe Klippen aus schwarzem Schiefer und rosafarbenem Granit und kleine Buchten mit Sandstränden. Die Luft riecht intensiv nach Salz, Algen und Muscheln und die Dämmerungen sind rosafarben.«

Meine Mutter kommt aus dem Elsass, ich habe in meiner Kindheit oft meine Sommerferien in Frankreich verbracht. Wir sind erst viel später nach Wien gezogen.

Traugott schwieg – dann fragte er: »Wie könnte dein

Raum aussehen? Erträume dir einen Ort. In deiner Fantasie ist alles möglich.«

Ich schloss die Augen und versuchte, mir einen solchen Ort vorzustellen.

»Es ist auch ein kleines Häuschen, mit roten Fensterläden aus Holz, an einem kleinen, tiefblauen See. Rundherum sind saftige grüne Wiesen und Blumen, so viele wie im Blumenladen von Camille. Und da wohnen meine Mama, meine Omi, mein Opa, der Iwo und der Papa und ich kann mit allen kuscheln, wenn ich will. Und da ist noch ein süßes schwarzes Lämmchen mit einem kleinen weißen Fleck auf der Stirn. Es bekommt Milch aus einer richtigen Babyflasche, die ich ihm reiche. Und dann sind da noch ein paar Schafe und ein großer Baum, auf dem man klettern kann und von dem aus man eine wunderbare Aussicht hat, und es gibt ganz viele bunte Schmetterlinge.«

»Sehr schön. Darf ich dich einmal besuchen und bei dir Urlaub machen?«

»Ja klar«, lachte ich.

»Und jetzt prägst du dir dieses Bild ein und fühlst wie warm es ist, wie gut es dort riecht und wie schön alles ist. Das ist der Ort tief in dir drinnen, dort, wo du beschützt bist, an den du immer gehen kannst, sobald du Angst hast oder dich alleine fühlst. Dort ist für die Angst kein Platz, denn dort bist du beschützt, dort kannst du nicht alleine sein, denn alle, die du liebst, sind da. Ist das nicht schön?«

»Ja, das ist wirklich schön.«

»Die Angst ist nicht real, sie entsteht in deinem Geist. Wenn dein Geist allerdings mit seiner Aufmerksamkeit dort ist, wo es keine Angst geben kann, dann verschwindet die Angst genauso wie sie gekommen ist, verstehst du?« 3Wir sahen uns an und schwiegen einen Moment.

Meine Mutter war noch immer nicht da, sie war schon über drei Stunden zu spät. Wir wählten noch einmal ihre Nummer und kamen wieder nur auf die Sprachbox. Traugott blickte auf die Uhr und kratzte sich wieder am Kinn. Ich beobachtete, wie er nachdenklich auf die Straße schaute. Und dann spürte ich sie wieder – diese Angst. Ich habe Angst, dass Mama etwas zugestoßen ist, dachte ich. Und dann? Was würde dann sein? Nicht auszudenken. Traugott stand auf und verschwand kurz hinter seinem Filzvorhang.

Ob ich heute Nacht bei Traugott bleiben könnte? Der Gedanke, alleine zu Hause zu schlafen, machte mir noch mehr Angst. Dann überlegte ich, was Traugott wohl machen würde, wenn er jetzt in meiner Situation wäre. Er würde sicher mit Gott reden. Ich schloss die Augen, ging in den kleinen Raum tief in mir, zu meinem Häuschen am See und flüsterte: »Lieber Gott, danke, dass meine Mama bald kommt, dass ihr nichts zugestoßen ist und dass ich nicht alleine zu Hause schlafen muss. Bitte hilf mir. Danke.« Dann senkte ich die Augen, und starrte auf den Holztisch vor mir und es war mir, als würde ich in der Maserung des Holzes ein zartes Gesicht erkennen, das mir zulächelte. Vielleicht war das Gottes Antwort?

»Was denkst du? Ist meine Mama in der Zwischenzeit vielleicht schon nach Hause gekommen?«, fragte ich, als Traugott zurückkam.

Er schüttelte den Kopf. »Dann hätte sie deine Nachricht gelesen und wäre schon längst hier.«

»Hm, da hast du recht«, seufzte ich nachdenklich.

»Allmählich werde ich hungrig«, sagte er, als wollte er mich auf andere Gedanken bringen.

»Ich auch.«

»Dann sollten wir uns überlegen, was wir heute essen.

Lass uns doch einmal schauen, ob wir dort etwas Essbares finden«, schlug Traugott vor und zeigte in Richtung des Filzvorhangs. Wie sich herausstellte, verbarg sich dahinter ein kleiner Raum mit einer winzigen Küchenzeile, einem Tisch in der Mitte und einer Couch in der linken Ecke, um die sich kleine Büchertürme stapelten. Der Raum war hell und hatte eine Tür, die in einen Innenhof führte.

»Wohnst du hier?«, fragte ich erstaunt.

»Nein. Ich wohne ein bisschen außerhalb von Wien, aber ich habe auch schon ein paar Mal hier übernachtet.« Er öffnete den Kühlschrank, um ihn sogleich wieder zu schließen.

»Leer«, sagte er fast schon entschuldigend, »und die Geschäfte haben schon geschlossen. Es ist nach 20:00 Uhr. Wir könnten uns eine Pizza bestellen, was meinst du? Du magst doch Pizza?«

Ich nickte erleichtert. Traugott würde also noch mit mir essen und mich nicht alleine lassen. Ich stellte mich auf die Zehenspitzen, streckte die Arme aus und umarmte ihn. Von diesem Augenblick an waren wir Freunde.

***

Kapitel 13

Noch bevor wir unsere Pizzabestellung aufgeben konnten, sahen wir, wie Camille schnellen Schrittes über die Straße kam, auf Traugotts Buchladen zusteuerte und aufgeregt winkte. Als sie eintrat, flatterten die Notizzettel an der Wortewand wieder im Luftzug.

»Hallo«, sagte sie etwas außer Atem.

»Grüß Gott«, erwiderte Traugott freundlich und deutete eine kleine Verbeugung an. Camille lächelte.

»Theo«, wandte sie sich an mich, »deine Mama hat mich gerade eben angerufen, sie war ganz aufgelöst.«

»Wo ist sie?«, rief ich aufgeregt. »Geht es ihr gut? Warum ist sie noch nicht da? Wann kommt sie?«

»Sie ist in Prag, hat sie gesagt, und kommt erst spät. Ich habe nicht alles verstanden, die Verbindung war sehr schlecht. Sie hat berichtet, dass der Start ihrer Maschine nach Wien abgebrochen und der Flug gestrichen wurde. Sie hat außerdem gesagt, dass sie ihr Telefon zu Hause vergessen hat.«

»Deshalb war sie den ganzen Tag nicht erreichbar«, rief ich erleichtert aus.

»Sie hat mich eigentlich angerufen, um mich zu bitten nachzusehen, ob du vielleicht zu Hause bist. Sie war sehr erleichtert, als ich ihr sagte, dass ich dich bei Traugott gesehen habe und wusste, dass du dort bist.«

»Warum hat sie nicht in der Schule angerufen?«

»Das weiß ich nicht, wir haben nicht lange gesprochen, ich habe sie auch wirklich nur schlecht verstanden. Vielleicht hat sie auch niemanden erreicht. Sie hat gesagt, sie hat Gott und die Welt angerufen. Ich habe ihr jedenfalls gesagt, dass sie beruhigt sein kann und dass ich dir gleich Bescheid sage. Ich habe ihr versprochen, dich bei Traugott abzuholen und mit zu dir zu essen und bei euch zu Hause so lange zu warten, bis deine Mutter kommt.« Camille lächelte mich an.

Und dann passierte etwas Eigenartiges. Ich fing an zu weinen. Ich weinte förmlich vor Erleichterung. Die Tränen kamen einfach so, ich konnte sie nicht zurückhalten. Es ist schon komisch, wenn man vor Freude weinen muss. Camille nahm mich in ihre Arme und hielt mich fest. Wenn man Angst hat, sich einsam fühlt und dann Menschen für einen da sind, die so gütig und hilfsbereit sind, ist das wunderbar. Und dann musste ich gleichzeitig weinen und lachen.

Ich sagte scherzend zu Traugott: »Naja, meine Mama hat sicher nicht Gott und die Welt angerufen, denn wenn sie Gott angerufen hätte, hätte sie direkt bei dir angerufen, dann hätte Gott ihr ja gesagt, dass ich bei dir bin.«

Camille schmunzelte: »Ich denke, sie hat Gott schon angerufen. Gott hat ja gewusst, dass ich weiß, dass du hier bist. Ich habe dir ja vorher noch zugewinkt, erinnerst du dich?«

»Stimmt«, sagte ich, „natürlich.« Camille musste recht haben.

»Meine Mama muss mit Gott geredet haben, wie sonst wäre sie auf die Idee gekommen, bei Camille anzurufen?«, wandte ich mich an Traugott.

»Ich bin sicher, das war eine Eingebung«, antwortete er.

»Wenn das Mobiltelefon weg ist, verliert man gleichzeitig auch alle Telefonnummern. Ich glaube, ich weiß keine einzige Telefonnummer mehr auswendig. Die Nummer vom Blumenladen steht auf meiner Website und im Telefonbuch und vom Laden sind es nur ein paar Schritte zu euch in die Wohnung«, sagte Camille. »Sie hat gehofft, dass du alleine nach Hause gegangen bist. Das Wichtigste ist, dass deine Mutter weiß, wo du bist und dass sie sich jetzt keine Sorgen mehr macht und dass du weißt, dass es ihr gut geht und sie nur später kommt«, sagte Camille.

»Wie gut, dass ich heute noch so viele Bestellungen für morgen vorbereiten musste, sonst wäre ich auch nicht mehr im Blumenladen gewesen und sie hätte mich nicht erreicht. Es ist Mai und das bedeutet für uns Blumenhändler Hochsaison: Muttertag, Hochzeiten ... Nun, wollen wir gehen?«

»Ich protestiere«, warf Traugott scherzend ein. »Ich weiß nicht, ob ich mich von der jungen Dame so schnell trennen kann, wir hatten jetzt ein paar sehr nette Stunden zusammen.« Camille und ich lachten.

»Wir könnten doch alle gemeinsam eine Kleinigkeit essen«, schlug Camille vor. »Oder habt ihr schon gegessen?«

»Das ist ein wunderbarer Vorschlag. Wir sind total hungrig. Ich habe gerade nachgeschaut, was mein Kühlschrank so hergibt, aber er ist ziemlich leer«, antwortete Traugott.

„Ich könnte Frédéric fragen, ob er noch einen Tisch im *Unter uns* für uns hat. Was haltet ihr davon?"

»Das ist die allerbeste Idee!«, rief ich aus. »Ich liebe es, im *Unter uns* zu essen.«

»Na, dann werde ich einmal nachfragen. Ich glaube verstanden zu haben, dass deine Mutter auf einen späteren Flug umgebucht worden ist. Es wird wohl noch einige Zeit dauern, bis sie da ist. Ich muss nur noch schnell den Laden schließen und mich umziehen«, sagte Camille. »Haltet ihr noch so lange aus?«

»Ja klar«, sagte ich.

»Ich beeile mich und hole euch in einer Viertelstunde hier ab, einverstanden?«

»Fein, wir haben ohnehin noch einiges zu besprechen«, sagte Traugott zu Camille und zwinkerte mir zu.

Im Gehen rief Camille noch: »Ich würde ja gerne wissen, was ihr so Wichtiges zu besprechen habt!«

»Wollen wir sie beim Essen einweihen?«, fragte mich Traugott. Wir sahen uns verschwörerisch an.

»Das überlegen wir uns noch«, rief er ihr lachend nach.

»Ich bin so froh und so erleichtert«, sagte ich und umarmte Traugott.

»Gott sei Dank«, bekräftigte Traugott. »Siehst du Theo, alles ist gut.«

***

KAPITEL 14

Kurze Zeit später kam Camille zurück – lächelnd, schwungvoll mit ihrem federnden Gang. Sie hatte sich umgezogen und sah hinreißend aus. Bewundernd dachte ich: Sie hat so ein feines Wesen, sie ist so elegant. Sie schwebt wie ein Engel, so unendlich rein und liebevoll.

Ihre Augen mit den seidigen, langen Wimpern funkelten. Sie waren smaragdgrün, wie das Meer nahe am Ufer, wenn es noch nicht sehr tief ist und die Algen durchschimmern. Sie trug ein grünes seidig glänzendes Kleid, das die Farbe ihrer Augen noch unterstrich, und es schien, als müsste Traugott sich beherrschen, damit er sie nicht immerzu anstarrte.

»Hallo ihr zwei, da bin ich wieder und ich darf euch von Frédéric eine kleine Einladung aussprechen.«

Wir sahen sie überrascht an.

»Eine Einladung?«, fragte Traugott.

»Frédéric schickt mich, um euch zu sagen, dass er sich sehr freuen würde, uns alle auf ein Abendessen ins Restaurant einladen zu dürfen. Das Restaurant ist voll, aber der Wind hat nachgelassen, der Abend ist lau und wir könnten gemeinsam mit ihm im Innenhof essen«, berichtete Camille.

Traugott und ich sahen uns an und freuten uns.

»Wie liebenswürdig«, sagte Traugott, »wir kommen sehr gerne.«

»Ja, so nett«, rief ich, »das ist großartig, ich habe einen Riesenhunger.«

»Gut, dann lasst uns gehen. Später gehen wir dann gemeinsam zu dir nach Hause. Ich habe deiner Mama versprochen, dass ich dich nach dem Essen ins Bett bringe, und ich bleibe so lange, bis sie nach Hause kommt.«

»Danke, danke, ihr seid alle so nett«, entfuhr es mir.

»Nun«, sagte Traugott und kratzte sich wieder am Kinn, »ich könnte Ihnen dabei Gesellschaft leisten, wenn Sie möchten!« Wenn man ihn genau beobachtete, konnte man sehen, dass er dabei etwas verlegen wirkte und seine Ohren dabei ein bisschen rot wurden.

»Sehr gerne«, stimmte Camille freudig zu und klemmte sich dabei mit einer gekonnten Geste eine Haarsträhne hinter das Ohr. Traugott machte das Licht aus, sperrte den Laden zu und wir gingen hinüber auf die andere Straßenseite ins *Unter uns*.

Das Lokal war brechend voll. Wir folgten Camille durch das Restaurant zu einer Seitentür, die in den Innenhof führte. Draußen hörte man angeregtes Stimmengewirr vom Gastraum und das Geklapper der Töpfe und Pfannen aus der Küche. Vielversprechende Düfte lagen in der Luft.

Der Innenhof war ein kleines Paradies, ein wenig zugewuchert, ähnlich bunt wie Camilles Blumenladen. In der Mitte stand ein Lindenbaum. Wie ein Schirm breitete er sein prächtiges Blätterdach aus und darunter stand ein massiver Esstisch aus Eichenholz. Die Wurzeln der Linde hatten über die Jahre hinweg das Pflaster nach oben gewölbt, sodass der Boden inzwischen merklich uneben war und einzelne

Pflastersteine derart nach oben gedrückt wurden, dass man aufpassen musste, um nicht zu stolpern. Die Steine waren brüchig und auch in den kleinsten Ritzen siedelten sich Pflanzen und Moos an. Traugott und ich waren fasziniert. Alles blühte in Schalen und Töpfen dicht an dicht und das in den herrlichsten Farben. Es gab Dutzende Blumentöpfe voller Rosen, Hibiskus und Margeriten. Die Blüten der Linde verströmten einen honigsüßen Duft.

Frédéric kam zu uns und begrüßte uns. Er war sehr stämmig. Unter seiner weißen Schürze trug er ein Hemd, das genauso kariert war wie die Tischtücher in seinem Lokal. Er hatte ziemlich breite und große Hände, was sicherlich praktisch war, weil er viele Teller auf seiner Handfläche stapeln und sie dann mühelos tragen konnte. Er beugte sich zu mir hinunter und reichte mir seine große Hand: »Du musst Theo sein«, sagte er, »einen schönen guten Abend.«

»Guten Abend«, grüßte ich zurück. Er klopfte Traugott auf die Schulter und bat uns, am Tisch Platz zu nehmen.

»Das war ja ein aufregender und ereignisreicher Tag für dich«, meinte er.

Ich nicke.

»Dann freut es mich umso mehr, dass ihr da seid. Du musst hungrig sein.«

»Und wie«, rief ich aus. »Und wie schön hier alles ist.« Ich ließ meinen Blick umherschweifen, während ich mich setzte. »So viele herrlichen Blumen.«

»Camille kümmert sich um die Blumen im Innenhof und sie lässt alles wachsen«, erklärte Frédéric.

»Gibt es denn etwas Schöneres als Blumen? Die Natur hat da etwas Wunderbares hervorgebracht. Blumen strömen etwas aus, das uns immer wieder mit Freude erfüllt«, sagte Camille.

»Mit Blumen wollte Gott den Menschen sicherlich eine Freude machen«, flüsterte Traugott ihr zwinkernd zu.

»Ganz sicher, davon bin ich überzeugt«, stimmte Camille zu. »Sie bringen Farbe ins Leben! Und wisst ihr, was Blumen und die Liebe gemeinsam haben?«

Ich schüttelte den Kopf.

»Sie haben eine universell verständliche Sprache, sie brauchen keine Worte, deshalb liebe ich meinen Blumenladen.

Die Sprache der Liebe wird von allen Menschenherzen verstanden und die der Blumen auch. Was du mit Worten nicht ausdrücken kannst, weil sie dir schwer über die Lippen kommen, kannst du immer noch mit Blumen tun und es wird den anderen erreichen. Wir schenken Blumen als Zeichen der Liebe, der Freundschaft, der Wertschätzung oder der Dankbarkeit. Das sind erhabene Gefühle, die mit Blumen der Worte nicht bedürfen, so rein ist ihr Ausdruck, so unmissverständlich ihre Bedeutung.«

Sie streichelte mir über die Wange. Da fielen mir die Worte meiner Mama ein: Versuche, ein Unglück in Rosa einzukleiden ... und ich verstand Camille. Alles passte zusammen: ihr Name, ihr Engelsgesicht, ihr schwebender Gang, die Zartheit ihrer Gesten, ihre ausgeglichene Heiterkeit – la vie en rose. Sie war eine Blume, sie war die Liebe selbst, sie strömte das Rosa in ihre Welt. Sie strömte das Rosa in die Herzen der Menschen und in unsere Straße. Sie war der Engel, der die Sprache der Blumen verstand und sie für uns übersetzte. Sie war leichtfüßig, ein Engel in Gummistiefeln und Gartenhandschuhen, damit sie den Kontakt zur Erde nicht verlor.

Frédéric pfiff ein kleines Lied während er unzählige Teller mit den verschiedensten Speisen auf dem Tisch anrichtete. Die Kochtöpfe waren alle aus Kupfer und noch so heiß, dass er ein Geschirrtuch nehmen musste, um sie anzufassen.

»Es gibt von allem ein bisschen«, verkündete Frédéric, »ein bisschen von all dem, was heute in der Küche so übrig geblieben ist.« Er strahlte über das ganze Gesicht und klatschte in die Hände.

Es gab Gemüseeintopf mit frischem Weißbrot, Oliven und Schafskäse, Feldsalat mit Radieschen, Quiche und gebratene Polentaschnitten. In einer schweren Pfanne dampften Kartoffeln mit Rosmarin, Salz und Olivenöl. Frédéric hackte beherzt frische Kräuter auf einem Holzbrett klein und bestreute damit den Salat. Dann band er sich seine weiße Schürze ab, hängte sie über einen Ast des Lindenbaumes und setzte sich zu uns an den Tisch.

Camille teilte die Teller und das Besteck aus. Frédéric öffnete eine Flasche Wein und eine Kellnerin brachte mir Holunderblütensaft.

»Na dann«, rief er erfreut aus, »lassen wir es uns doch so richtig schmecken!«

Traugott rieb sich die Hände.

»Das ist noch nicht alles«, trällerte Frédéric vergnügt und schwang ein Brotmesser, »danach gibt es auch noch eine Nachspeise, nämlich Apfeltarte! Ich finde ja, dass der Apfel zum überbewerteten Obst gehört. Er ist viel beliebter als die Birne, was für mich unverständlich ist, aber zusammen mit Mürbeteig, Mandeln, Zucker und Butterflöckchen ist er einfach ein Gedicht. Ehrenwort. Also hebt euch noch Appetit auf.«

Camille trank einen Schluck Weißwein und ein Lächeln huschte über ihr Gesicht. Wir saßen alle gemeinsam um den Tisch, es war ein Festschmaus ohne bestimmten Anlass.

»Das musst du probieren Theo«, rief Traugott aus, tauchte seine Gabel in die Quiche und hielt sie mir unter die Nase.

Wir waren alle sehr hungrig und es schmeckte hervorragend. Das Essen hatte etwas außerordentlich Familiäres. Wir erzählten, lachten, diskutierten und freuten uns einfach nur darüber, zusammen zu sein.

»Theo, alles klar bei dir? Ich hoffe, du genießt den Abend so wie ich. Ich muss sagen, es war schon lange nicht mehr so entspannt und gemütlich hier. Ich freue mich richtig, dass ihr meine Gäste seid.«

»Die Unvorhersehbarkeit ist die Gefährtin des Glücks«, philosophierte Camille, lächelte und betrachtete den Weißwein, der in ihrem Glas hin- und herschaukelte. Ihre dunkelgrünen Augen glänzten.

Ich nickte dankbar. Ich hatte schon mit meiner Mama festgestellt, dass man im *Unter uns* so schön zusammen sein konnte. Das war Glück. So fühlte sich Glück an. Es sind die Augenblicke, wenn alles stimmt, wenn man mit der Welt einverstanden ist und die Verbundenheit mit allem und allen spürt. *Wir* ist ein funkelndes Wort. Es ist viel mehr als ich und du. Es ist verbindlicher und inniger. *Wir* heißt, wir erkennen unsere Gleichartigkeit und feiern unsere Unterschiede. Und ich gehöre auch dazu.

Ich konnte mich noch an meinen ersten Schultag erinnern, als ich in der Klasse gesessen hatte und mir alle fremd gewesen waren. Ich hatte das Gefühl gehabt, nicht dazuzugehören. Meine Mama hatte damals nur gesagt: »Das ist normal und jeder Einzelne in der Klasse hat sich bestimmt genauso gefühlt.« Man ist zusammen und doch fühlt man sich, als ob man nicht dazugehören würde. Oder wie vorhin, als ich noch alleine in unserer Wohnung saß. Und jetzt, unter dem Baum bei Frédéric, hatte ich plötzlich ein Bild vor mir: einen Punkt und einen Kreis. Ich fragte mich: Ist es möglich, dass ich ein einzelner Punkt bin und die anderen befinden sich in einem geschlossenen Kreis? Und dann verstand ich plötzlich und mir wurde klar: Ich und *die anderen* ist ein Bild, das es nicht gibt. Sonst wäre ich ja alleine und alle anderen zusammen. Es gibt keine anderen bzw. ich bin auch die anderen. Wir sind alle miteinander verbunden. Ich kann diesen Ausdruck *die anderen* aus meinem Sprachschatz löschen. In Wahrheit gibt es nur ein *Wir* und ich bin ein Teil davon.

Wir waren eben unter uns. Es kann gar nicht möglich sein, dass irgendjemand aus diesem Kreis ausgeschlossen sein kann, denn er ist ja hier, auf dieser Welt. Es heißt ja auch Liebe deinen Nächsten wie dich selbst und nicht Liebe die anderen wie dich selbst, das heißt, ich gehöre dazu. Ich muss nichts tun, um dazuzugehören. Ich bin schon dazugehörig! Ich kann nicht aus dem Universum fallen und ich bin auch nicht vom Universum getrennt. Ich gehöre immer dazu! Ich jubelte innerlich. Ich brauchte mich nie wieder klein zu fühlen. Ich brauchte mich nie wieder ausgeschlossen zu fühlen. Die Welt war klar und dieser Augenblick wundervoll, denn ich hatte meinen Platz darin gefunden!

Traugott hatte recht. Es konnte gar nicht sein, dass der eine gewollt und der andere nicht gewollt ist, der eine mehr wert ist als der andere. Ich bin Teil dieser grandiosen Schöpfung. Ich darf hier sein, denn ich bin ja hier. Es gibt nur ein großes Ganzes und jedes Lebewesen, sei es auch noch so klein, ist Teil davon.

Wir sind nicht isolierte Individuen. Wir sind menschliche Wesen und wir alle haben denselben Wunsch, dieselbe Hoffnung und dasselbe Verlangen, dieses Leben auf die bestmögliche Art zu leben. Das ist es, was wir alle gemeinsam haben, und was uns voneinander unterscheidet, ist vergleichsweise nur ein Detail am Rande. Wenn Gott sich in jedem

Lebewesen darstellt und wir alle verbunden sind, können wir Liebe empfinden zu allem, was existiert. Dann können wir aufhören zu rivalisieren und uns gegenseitig Schaden zuzufügen, denn das, was wir jemandem anderen antun, tun wir dann eigentlich uns selbst an. Wir, das ist die WIRklichkeit, das steckt schon im Wort drinnen.

Und dann verstand ich auch, dass es gut für mich war, dass der Tag so verlaufen ist. Ich wünschte zwar, meine Mama wäre jetzt bei uns, aber wäre sie pünktlich gekommen, wäre dieser Abend ganz anders verlaufen. Sie hätte mich von der Schule abgeholt und ich wäre vermutlich nicht bei Traugott gewesen und vermutlich auch nicht hier bei Frédéric. So hatte doch alles einen Sinn und es war bestimmt kein Zufall.

Die Apfeltarte schmeckte umwerfend. Inzwischen war die Nacht hereingebrochen und Frederic teilte Decken aus, in die wir uns hineinkuschelten, weil es nun doch frisch wurde. Wir scherzten den ganzen Abend. Ich erzählte von meiner Mama und der Schule, Camille von dem Laden, den sie so liebte, und Traugott von unserer Begegnung. Ich beobachtete auch, wie Traugott immerzu Camille ansah und manchmal wie zufällig ihre Hand leicht berührte. Keiner von uns wollte heim.

Und dann überlegte ich, ob nicht Gott dafür gesorgt hatte, dass meine Mama das Telefon vergessen hatte und der Flug gestrichen worden war?

Inzwischen war es spät geworden, nach 22:30 Uhr. Frédéric packte uns für meine Mama ein großes Stück Apfeltarte in Butterbrotpapier und eine Flasche Weißwein ein. »Sie wird sich sicher darüber freuen, wenn sie dann endlich zu Hause angekommen ist.«

Wir umarmten ihn zum Abschied, Camille nahm mich an der einen, Traugott an der anderen Hand und wir gingen heim.

An diesem Abend bin ich nach Hause gekommen, zu mir, zu den Menschen in unserer Straße, in der der Schriftzug von Camilles Blumenladen rosa leuchtete.

Die Nacht war klar, dunkelblau und leise. Sie war sternhimmelvoll. Und ich empfand tiefe Dankbarkeit.

***

Kapitel 15

Camille und Traugott saßen im Wohnzimmer und plauderten im Flüsterton über Gott weiß was. Ihre Anwesenheit beruhigte mich. Ich lag im Bett und lauschte ihren leisen Stimmen, ohne ihre Worte wahrzunehmen.

Dann hörte ich, wie die Wohnungstür aufgesperrt wurde. Meine Mama sagte nicht viel, sie hatte Tränen in den Augen und umarmte Camille. Sie ließ sie gar nicht mehr los. Camille war sichtlich sehr gerührt. Dann umarmte meine Mama auch Traugott und bedankte sich tausend Mal. Alle drei standen im Wohnzimmer und in ihren Augen schimmerten Tränen. Ich muss sagen, mich wunderte das nicht. Meine Mutter ist immer sehr schnell gerührt. Beim geringsten Anlass kommen ihr die Tränen. Sie weint bei jedem Film, und zwar immer dann, wenn andere Menschen entweder sehr glücklich oder sehr unglücklich sind.

Ich bin wieder aufgestanden und zu ihnen ins Wohnzimmer gestürmt. Ich habe meine Mama fast umgeworfen. Und da schossen mir auch Tränen in die Augen. Ganz ehrlich, ich war schon sehr erleichtert, als sie wieder da war. Der Iwo war da immer viel pragmatischer. Er hat später nur gesagt:

»Na, was hätte sein sollen, sie hat sich ja nur verspätet. Das passiert jedem einmal.«

In der Hektik am Morgen hatte sie zuerst ihr Telefon vergessen, aufgefallen war es ihr erst im Flugzeug nach Prag, als sie es ausschalten wollte. Sie hatte dort einen wichtigen Kundentermin. »Beim Rückflug wurde der erste Startversuch abgebrochen und der Pilot hat uns mitgeteilt, dass es Probleme mit dem rechten Triebwerk gebe«, schilderte sie. »Danach hat es einen rund einstündigen Reparaturversuch gegeben, während wir an Bord geblieben sind. Und dann hieß es, wir müssten aussteigen. Der Flieger wurde zum Hangar geschleppt und wir wurden umgebucht auf andere Flüge.

Ohne mein Mobiltelefon war ich vollkommen aufgeschmissen, ich habe keine einzige Nummer im Kopf. Während wir im Flugzeug saßen, habe ich mir ein Telefon ausgeborgt und die Nummer von der Schule und von Rosie herausgesucht. Ich habe sehr oft probiert, aber in der Schule hat niemand abgehoben und bei Rosie auch nicht. Und bei Theos Omi brauchte ich es nicht zu probieren, weil sie im Urlaub ist. So wurde es immer später und ich habe gehofft, dass du alleine nach Hause gegangen bist«, sagte sie an mich gewandt und gab mir einen Kuss.

»Und plötzlich schoss es mir durch den Kopf: Camille ist die Rettung. Ihr Blumenladen ist gleich ein paar Häuser weiter, ihre Telefonnummer steht im Telefonbuch und ihr Geschäft ist bis 19 Uhr geöffnet. Und Camille erzählte mir dann, dass du bei Traugott seist. Sie hat mich beruhigt und gesagt: ›Machen Sie sich keine Sorgen, ich kümmere mich um sie. Wir werden gemeinsam essen und dann bringe ich sie nach Hause und warte, bis Sie da sind.‹«

Camille lächelte. »Deine Mama hat nur ›danke, danke, danke‹ ins Telefon gehaucht.«

»Oh, ich war mehr als erleichtert, mir ist ein Stein vom Herzen gefallen!«

Während sie so erzählten, dachte ich: Es gibt Tage, da scheint alles schiefzugehen oder man hat das Gefühl, dass alles schiefgeht. Wenn man Traugott heißt, ist es vermutlich anders, denn dann tut man sich leichter zu vertrauen, dass jedes scheinbare Missgeschick auch ein Segen sein kann.

Und dann sagte ich: »Weißt du, Mama, eigentlich war es für uns ein Segen, dass der Tag so verlaufen ist. Ich habe heute ganz viel Neues erfahren.«

»Ach ja?«, erwiderte meine Mutter lachend. »Wenn ich euch drei so ansehe, kann ich mir das richtig gut vorstellen. Na dann hat das wenigstens einen Sinn gehabt.« Sie streichelte mir wieder sanft über den Kopf. »Ich hoffe, du erzählst mir ganz genau, was du alles erfahren hast. Gleich morgen.«

Wir saßen noch ein bisschen zusammen. Traugott servierte meiner Mutter noch Frédérics Apfeltarte und jeder trank noch ein Glas von dem Weißwein. Der Abend schien nicht enden zu wollen und keiner von uns verspürte auch nur eine Spur von Müdigkeit, sondern nur eine tiefe Freude über unsere neu entstandene Verbundenheit.

***

KAPITEL 16

Ich liebte unsere Straße. Das Einverständnis mit der Welt war Voraussetzung, um hier zu wohnen. In unserer Straße war die Welt in Ordnung. Traugott sagte, unsere Straße sei ein Ort der Nächstenliebe. Wenn die Menschen überall so wären, sähe die Welt anders aus.

Ich durfte von diesem Tag an alleine von der Schule nach Hause gehen. Ich liebte es, alleine zu gehen. An den Dienstagen ging ich meistens zu Traugott, da hatten wir früher Schulschluss. Auch wenn meine Mama einmal später nach Hause kam, half ich entweder Camille im Blumenladen oder ich ging zu Traugott und half ihm, Bücher auszupacken und Büchertische neu zu gestalten. Ich kenne jetzt viele verschiedene Blumen und kann sie bestimmen und Traugott erzählte mir immer wieder von Gott und der Welt und davon, wie er die Welt sah, so wie damals an jenem Abend. Viele Dinge hatte ich damals nicht sofort verstanden.

Traugott meinte, man habe etwas erst dann verstanden, wenn man Dinge anders tue, wenn man etwas verändert habe. Ein paar Dinge hatten sich verändert. Wenn ich alleine von der Schule nach Hause ging, konnte ich mich ungestört mit Gott unterhalten, meistens setzte ich dabei Kopfhörer auf. An einem Dienstag nahm ich mir ein Herz und lud Samuel mit zu Traugott ein. Einfach so. Und er war ebenso überrascht wie ich, aber er sagte zu. Wir aßen zusammen Erdbeereis und ich erfuhr einiges über ihn. Er musste zwei Mal erfahren, dass Menschen, die ihn erst zu sich genommen hatten, ihn nach kurzer Zeit wieder zurückgegeben hatten. Er hatte kein Vertrauen mehr in die Menschen, nicht einmal in seine jetzigen Eltern. Und ich muss sagen, das hat mein Herz erweicht. Ich betrachtete ihn von da an mit anderen Augen und auch wenn wir nicht die besten Freunde geworden sind, so ärgerte er mich auch nicht mehr.

An den Donnerstagen ging ich mit meiner Mama oft ins *Unter uns*. Camille und Traugott kamen auch des Öfteren vorbei. Im Sommer saßen wir bisweilen gemeinsam mit Frédéric in seinem kleinen Innenhofgarten, den er ausschließlich für seine Freunde und ein paar wenige Stammgäste zugänglich machte.

Auf Traugotts Wortewand klebte ein paar Wochen später ein großer, neuer Notizzettel. Ich hatte mir dafür extra türkisblaue Tintenpatronen gekauft und Traugott und ich haben auf einem weißen Blatt Papier eine Liste begonnen:

Theos Liste:
- Alles auf der Welt hat zwei Seiten.
- Wir haben einen Körper, aber wir sind nicht unser Körper.
- Die Seele hat kein Bild. Sie ist das Bild, das sich Gott von uns macht.
- Die Seele ist der Raum in uns, der hell und klar ist.

- Wir sind auf der Welt, aber nicht von dieser Welt.
- Wir erschaffen das, was wir denken.
- Jeder soll gut zu sich sein, dann ist jedenfalls immer einer gut zu uns. Nämlich ich.

In den nächsten Wochen und Monaten sollten immer wieder ein paar neue Sätze folgen.

***

Kapitel 17

Ich warte, esse Apfeltarte, lese Notizen und warte weiter. Das ist die Bilanz der letzten Stunden. Ich google am Handy nach Traugotts Buchladen und finde seine Seite:

Sehr geschätzte Freunde der Buchhandlung!
Seit vielen Jahren bietet die Buchhandlung Traugott ein feines, persönlich betreutes, immer aktuelles Sortiment:
Literatur und Lyrik, aktuelle Sachbücher, spirituelle Bücher aus Kleinverlagen. Lassen Sie sich verführen!

Kein Hinweis auf eine Schließung, laut den Angaben zu den Öffnungszeiten müsste die Buchhandlung offen sein. Ich winke dem Kellner zum Zahlen. Beim Gehen bleibe ich ein weiteres Mal vor der Buchhandlung stehen.

Unschlüssig gehe ich noch ein paar Schritte auf und ab und schlendere dann die Straße hinunter zur Brücke in Richtung Stadtpark. Ich beschließe, noch ein wenig durch den Stadtpark zu spazieren und Nico etwas früher von der Schule abzuholen.

Die Sonne kommt wieder stärker hervor. So setzte ich mich auf eine Bank und lese weiter in Traugotts Notizbuch:

7. Notiz
Heiße jede Erfahrung willkommen, anstatt ihr Widerstand zu leisten. Lasse sie auch dann zu, wenn du es nicht verstehst. Wenn du Widerstand leistest, akzeptierst du das, was bereits ist, nicht. Nur, was nützt es dir? Es ist ja bereits da.
Den Erfahrungen mit Hingabe zu begegnen heißt, auf Gott zu vertrauen und mit seiner Hilfe zu wachsen. Du kannst manchmal getrost deine Sorgen jener Macht überlassen, die die Sterne am Himmel bewegt und dafür sorgt, dass sie uns nicht auf den Kopf fallen. Du hast immer die Wahl: Widerstand leisten und den Weg mühsam alleine gehen oder dich Gott hingeben und den Weg mit ihm gemeinsam zu gehen.

8. Notiz
Deine Grenzen steckst du dir selbst. Niemand gibt sie dir vor. Dir geschieht nach deinem Glauben, nach deinen Überzeugungen, nach deinen Erfahrungen.
Alles ist möglich, wenn du es in deinen Gedanken zulässt. Erkenne, so wie du bist, bist du gewollt. Du brauchst dafür nichts zu tun und darfst so sein, wie du bist. Werde dir dessen täglich bewusst.

Mein Telefon vibriert, eine SMS von Simon: »Liebe Theo, ich würde am Abend gerne vorbeikommen. Ich würde Nico auch gerne wiedersehen.« Mein Herz rast. Warum schreibt er ›Liebe Theo‹? Würde er auch mich also gerne sehen wollen?

Warum sonst ›auch‹?, frage ich mich. Und warum ruft er nicht einfach an? Ich drehe seine Worte in meinem Kopf hin und her. Ich weiß nicht, was ich antworten soll, und lasse die Nachricht vorerst unbeantwortet. Ich blättere unkonzentriert weiter in Traugotts Notizen.

»Erlaubst du?«, höre ich plötzlich eine freundliche Stimme neben mir sagen.

Ich blicke überrascht auf. Er zaubert ein Lächeln in sein Gesicht. Sein Gesicht kommt mir bekannt vor aber im ersten Augenblick kann ich es nicht zuordnen. Ich klappe das Buch zu.

»Bitte sehr«, reagiere ich mit einer auffordernden Geste.

»Hallo, schon vergessen, ich bin's, der Vater von Elias. Und du bist doch die Mutter von Nico, oder?«

Natürlich! Ich lächle. Er sieht wirklich gut aus. Er trägt ein ähnlich flieder-weiß kariertes Hemd, wie es Frédéric gerne trug, dazu Jeans, Lederboots und eine schwarze Lederjacke. Er setzt sich neben mich auf die Parkbank und zieht aus seiner Jackentasche eine Papiertüte mit Weingummis.

»Weingummi?«, er hält mir die Packung hin.

»Danke, sehr gerne.« Ich muss lachen.

Dann nimmt er eine Handvoll, steckt sie in den Mund und reißt dabei die Augen auf. »Ich glaube, du magst die, oder?«, sagt er schmunzelnd mit vollem Mund und hält mir die Packung noch einmal hin.

Er ist offensichtlich begeistert, gleich einen passenden Aufhänger für unser Gespräch parat zu haben. Ich muss wieder lachen.

»Hast du auch einen Vornamen oder sagen alle die Mutter von Nico zu dir?«

»Ja, habe ich«, antworte ich.

»Und – erfahre ich den auch? Ich heiße übrigens Fynn, Fynn alias Vater von Elias.« Seine Augen lachen. »Fynn mit Ypsilon.«

»Ich heiße Theo«, sage ich.

Er zieht seine linke Augenbraue hoch. »Ein ungewöhnlicher Name für eine Frau.«

Ich nicke. »Eigentlich Matthea.«

»Nicht ganz so ungewöhnlich, aber doch auch ungewöhnlich.«

»So ungewöhnlich wie Fynn mit Ypsilon«, antworte ich.

»So ungewöhnlich ist der Name nicht, gut, vielleicht ist die Schreibweise mit Ypsilon unüblich. Ich sage es immer gleich dazu, weil sonst jeder meinen Namen falsch schreibt.«

»Das Ypsilon ist der erhabenste Buchstabe des Alphabets«, antworte ich.

»Ach so? Warum?«

»Er drängt sich nicht auf. Er ist sowohl Vokal als auch Konsonant, anpassungsfähig an die Anforderung des Wortes und der Aussprache.«

»Stimmt. Wenn ich darüber nachdenke, dann muss ich dir recht geben. Das Ypsilon ist tatsächlich ein schöner Buchstabe. Allerdings habe ich mir bislang darüber noch keine Gedanken gemacht.«

»Das habe ich fast erwartet«, sage ich wieder lachend. »Woher ist das Weingummi?«, frage ich.

»Aus einem der letzten Zuckerlgeschäfte dort drüben, in dem seit einem Jahrhundert die Zeit stehen geblieben ist und wo meine Mutter schon als Kind rechnen gelernt hatte: Wie viele Gummischlangen, Schlecker und Kaugummis bekomme ich für 2 Schillinge? Bis heute wird immer geduldig gewartet, bis die Kinder gerechnet haben und dann wird alles in kleine bunte Säckchen eingepackt.«

»Ich meinte eigentlich, trägst du immer Weingummis mit dir herum?«

»Nur wenn ich dich zufällig treffe«, meint er augenzwinkernd. »Das sind so kleine Kindheitsglückseligkeiten«, führt er weiter mit vollem Mund aus. »Die werden noch heute mit einer kleinen Schaufel aus den Gläsern geholt und gewogen. Mich erinnern sie daran, dass das Leben stets kleine Freuden bereithält. So zum Beispiel auch wie dich jetzt hier zu treffen.«

Ich muss kichern.

»Für zwei Euro habe ich übrigens diese Menge hier bekommen – nicht berauschend viele Weingummis, aber ich teile sie mit dir.«

»Ich mag am liebsten die weißen«, sage ich.

»Das ist bedauerlich, die mag ich nämlich auch am liebsten.« Er fischt ein paar davon aus der Papiertüte und hält sie mir hin. »Aber ich gebe sie dir. Ausnahmsweise.«

»Sehr großzügig, danke!«

»Gerne geschehen. Köstlich oder? Die schmecken nach Limette.«

»Ananas«, korrigiere ich.

»Einigen wir uns doch auf Ananas-Limette. Ich bezweifle übrigens, dass du mit verbundenen Augen die Farbe erschmecken kannst«, sagt er.

»Bestimmt. Da wette ich.«

Er strahlt siegessicher. Er ist witzig. Wenn er spricht, spricht er mit seinem ganzer Körper, er zieht die Augenbrauen hoch, runzelt die Stirn, rümpft die Nase. Er spricht mit ausladenden Handbewegungen, ohne wild zu gestikulieren.

»Was machst du hier?«, fragt er.

»Ich sitze hier mit dir und esse Ananas-Limetten-Weingummis.«

Er hat ein schelmisches, jungenhaftes Lächeln.

»Wohnst du hier?«, gebe ich die Frage zurück.

»Nein, ich habe Gott sei Dank ein Dach über den Kopf.«

»Ok. Unentschieden. Wohnst du hier in der Nähe?«, präzisiere ich meine Frage.

»Ich wohne in der Nähe und arbeite auch seit Kurzem in der Nähe.«

»Und du, wohnst du hier, also, ähm, in der Gegend?«

»Früher einmal, jetzt schon lange nicht mehr.«

»Dann ist es Fügung, dich hier zu treffen?«

»Oder Zufall«, sage ich.

»Ich glaube nicht mehr an Zufälle«, sagt er in einem ernsthafteren Ton.

»So, aber jetzt machst du die Augen zu und errätst die Farbe: Wenn du sie errätst, bekommst du alle restlichen weißen.« Ich schließe die Augen und er schiebt mir ein Weingummi in den Mund.

»Grün.«

»Nein, gelb. Ich habe gewonnen.« Wir lachen.

Er ist unaufdringlich. Er fragt nicht gleich nach Beruf oder Familienstand. Keine Schublade wird rausgezogen. Wir plaudern noch über Nico und Elias, die Lehrer an der Schule und die inflationären und mit Erwartungen überfrachteten Geburtstagsfeste der Kinder, die sich an Originalität übertrumpfen müssen. Die meiste Arbeit sei die Bewirtung der Eltern, wenn sie die Kinder wieder abholen, befinden wir übereinstimmend.

Nach einer halben Stunde blickt er auf seine Uhr.

»Ich muss leider gehen. Ich könnte ewig mit dir hier sitzen, aber ich bin schon viel zu spät dran.« Sein Bedauern wirkt echt. »Ich würde mich freuen, wenn ich dich am Abend zum Essen einladen dürfte.«

»Das tut mir leid, das geht heute leider nicht, ich habe schon etwas vor«, antworte ich und verziehe das Gesicht.

In meinem aktuellen Jammertal habe ich wenig Lust auf Gesellschaft. Außerdem wird das Jammern von der Umwelt als lästig empfunden und ich bin zu unvorbereitet auf seine Einladung gewesen. Ich bin mir nicht sicher, ob ich beherrscht genug wäre, mein allgemeines Unbehagen und meine Traurigkeit einen ganzen Abend lang überspielen zu können.

»Verstehe, schade. Aber morgen ist auch noch ein Tag?«

»Eher nächste Woche?«

»Nächste Woche passt auch gut. Montag? Dienstag? Oder Montag und Dienstag?«, ließ er nicht locker.

»Dienstag ist gut«, gebe ich mich geschlagen.

»20:30 Uhr?«

»Ja das passt.«

»Fein, ist dir das auch nicht zu spät? Bei mir ist später immer ein bisschen entspannter.«

»Bei mir auch. Das passt gut.« Wir stehen auf, er greift nach meinem Handgelenk.

»Und wo?«, fragt er nach.

»20:30 Uhr im *Unter uns*«, schlage ich vor. »Weißt du, wo das ist?«

»Ja. Das weiß ich. Das kenne ich. Das kenne ich sogar sehr gut. Ich wüsste kein besseres Lokal für ein Treffen mit dir. Darf ich auch eine Telefonnummer haben, um auch ganz sicher zu gehen, dass du kommst? Wenn du nicht kommen solltest, müsste ich sonst jeden Tag im Stadtpark sitzen und hoffen, dass du zufällig vorbeikommst, oder Nico entführen.«

Ich lache. »Ich komme. Sicher.«

»Trotzdem, bitte«, insistiert er fast flehentlich.

Ich sage sie ihm an und er tippt sie gleich in sein Telefon.

»Bitte komm hungrig und iss keine Weingummis vor dem Essen.«

»Das solltest du vielleicht eher beherzigen. Schließlich trage ich sie nicht täglich mit mir herum«, erwidere ich lachend.

Er nimmt meine Hand, wir verabschieden uns und gehen in unterschiedliche Richtungen davon. Wir drehen uns beide noch einmal um. Er winkt mir zu. Ich winke zurück.

Ich schlendere weiter durch den Stadtpark in Richtung Schule. Ich fühle mich beschwingter, ein bisschen selbstsicherer und verfasse eine Antwort auf Simons SMS.

»Hallo, wir sind heute Abend zum Essen eingeladen und erst spät zu Hause. Gerne ein anderes Mal.« Ich will auch Simon heute nicht gegenübertreten. Vorher muss ich unbedingt mit Traugott sprechen.

Mein Telefon vibriert wieder: Freue mych auf deyne erfryschende Gesellschaft. Bis bald. Fynn mit y.

Er bringt mich zum Lachen. Während ich durch den Stadtpark gehe, erinnere ich mich an einen Spaziergang mit Traugott.

***

Kapitel 18

Ende Juni war der Sommer bereits da und die Schulferien rückten näher. Die Bäume und Sträucher in Frédérics Innenhof waren tiefgrün, die Tage hell und lang. Traugott nahm mich bei der Hand und wir spazierten durch den Stadtpark.

»Das wertzuschätzen, was man hat, ist wichtig. Nichts im Leben ist selbstverständlich. Vergiss das nie.

Wir wohnen hier in einer schönen Stadt, in einem der reichsten Länder dieser Erde. In dieser Stadt gehen die Kinder zur Schule und verbringen ihre Freizeit auf Spielplätzen, in Schwimmbädern oder im Tiergarten. Es gibt Wiesen, auf denen man im Winter rodeln und im Sommer Picknicks veranstalten kann. Wir haben sogar einen kleinen See mitten in der Stadt, auf dem man mit einem Ruderboot paddeln und Enten füttern kann.

Die meisten Menschen haben eine Arbeit und sie haben genug zu essen. Sie haben sogar so viel zu essen, dass viele von ihnen im Laufe der Jahre immer dicker werden. Die medizinische Versorgung ist allen Menschen zugänglich, auch jenen, die es sich kaum leisten können. Es gibt Kinos,

Theater, Restaurants und Universitäten. Die Menschen, die in unserem Land leben, sind frei, es gibt keinen Krieg und wenig Gewalt.

Und obwohl die meisten Menschen alles haben, sind die wenigsten von ihnen wirklich glücklich. Es ist geradezu auffällig, dass Menschen, die mit sich selbst und ihrem Leben zufrieden sind, so selten sind, dass ihre Zufriedenheit fast befremdend erscheint. Es lohnt sich, jeden Tag dankbar zu sein, dankbar dafür zu sein, dass du gesund bist, du auf einem hübschen, friedlichen Fleckchen Erde wohnen kannst, du gut versorgt bist, dir ein Erdbeereis leisten kannst, dich deine Eltern lieben oder dass du zur Schule gehen kannst.«

»Ja«, sagte ich, »aber ich gehe nicht immer gerne zur Schule. Manchmal ist Schule ganz schön anstrengend.«

»Ja, das glaube ich dir, aber stelle dir vor, du könntest nie zur Schule gehen. Du hättest nie Lesen und Schreiben gelernt und all deine Freunde hättest du auch nie kennengelernt. Wäre dir das lieber?«

»Nein.«

»Siehst du, es ist gut, wie es ist, und dafür lohnt es sich, dankbar zu sein. Wir leben in einer Zeit, in der Menschen erst etwas verlieren müssen, um den Wert zu erkennen. Viele Menschen wissen erst dann, was gut war, wenn es bereits vorbei ist oder sie es verloren haben. Meistens ist es dann zu spät. Oder sie erkennen nicht im Augenblick, dass sie glücklich sind, sondern erst im Nachhinein, dass sie glücklich waren. Ist das nicht absurd?«

Ich nickte.

»Dankbarkeit hat immer etwas mit Demut zu tun. Aus der Demut kommt die Dankbarkeit und aus der Dankbarkeit die Wertschätzung.«

»Was heißt Demut?«, fragte ich.

»Demut nennt man das Staunen über das, was ist. Es ist eine innere Haltung, ein Staunen darüber, dass es eine Ordnung im Universum gibt, die wir mit unserem Geist nicht erfassen können. Es beinhaltet, dass du das große Mysterium anerkennst, dass du anerkennst, dass es etwas gibt, was viel größer ist als du. Demut öffnet das Herz. Mir zum Beispiel stockt immer der Atem, wenn ich mir vorzustellen versuche, wie groß alles um mich herum ist.

Gewöhnlich ist es für uns ziemlich selbstverständlich, dass wir leben, auf dieser Welt spazieren gehen, wir selbst sind. Wenn man aber nur eine Sekunde darüber nachdenkt, wenn man sich nur eine Sekunde seiner Existenz vollkommen bewusst ist, kommt einem das Staunen darüber, dass man der Mensch ist, der man ist. Plötzlich nimmst du dich vollkommen wahr und erkennst das Wunder, dass du hier auf der Welt bist.«

»Ja, das Gefühl kenne ich. Hat Demut etwas mit Mut zu tun?«, wollte ich wissen.

»Demut hat ganz viel mit Mut zu tun. Es ist der Mut, authentisch zu sein. Jemand, der authentisch ist, ist sich selbst treu. Er ist wahrhaftig. Er ist im Einklang mit sich selbst. Seine Worte und seine Taten entspringen seinem Herzen, seiner Seele. Er passt sich anderen nicht an und er ist bereit, auch gegen den Strom zu schwimmen, und zwar aus seiner eigenen Überzeugung heraus. Die Wertschätzung braucht die Dankbarkeit, die Dankbarkeit die Demut und die Demut den Mut. Wenn du etwas wertschätzt, wirst du es nicht so leicht verlieren, denn dann passt du ja gut darauf auf ... Wer ist denn dein bester Freund?«, fragte Traugott spontan.

Ich dachte nach. Ich hatte nicht so wirklich einen besten Freund oder eine beste Freundin. »Mein bester Freund ist Philipp.«

»Und warum?«

»Weil er lustig ist, weil ich mit ihm gut spielen kann und weil er auch gerne Fußball spielt.«

»Wenn du Philipp gegenüber zeigst, dass du dafür dankbar bist, dass er dein Freund ist, wird er sich bestimmt freuen. Wenn du es aber für selbstverständlich nimmst, passt du nicht gut auf eure Freundschaft auf und es könnte sein, dass er irgendwann lieber mit jemand anderem befreundet ist. Wenn du ihm zeigst, dass du ihn magst, dann schätzt du ihn wert und er wird lange dein Freund bleiben. Verstehst du? Und es ist wichtig, Dankbarkeit auch auszudrücken. Alles im Leben ist ein Bitte und ein Danke wert.«

Ich überlegte.

»Dann bin ich dankbar, dass du jetzt da bist. Ich bin dankbar, dass du mein Freund bist. Du bist total nett.«

Traugott lächelte. »Danke, Theo, das hast du lieb gesagt. Weißt du, vielen fällt es schwer, anderen gegenüber wahre Dankbarkeit aus reinem Herzen zum Ausdruck zu bringen.«

»Und warum ist das so schwer?«

»Das weiß ich nicht, aber es ist so, beobachte es einmal. Viel schneller entschlüpft uns beiläufig eine abschätzige Bemerkung, als dass uns ein Lob über die Lippen kommt. Genauso hoffen wir, eher eine Schwäche zu verbergen, als sie uns und anderen einzugestehen.«

Ich dachte nach. Traugott hatte recht. »Wer ist eigentlich dein bester Freund?«, fragte ich dann.

»Ich denke, das bist du«, antwortete Traugott augenzwinkernd und drückte meine Hand. »Du bist meine beste Freundin.«

***

Kapitel 19

»Traugott ist eigentlich ein seltsamer Name«, überlegte ich laut. »Bist du mir böse, wenn ich das sage?«, wollte ich von Traugott wissen, als ich zwei Wochen später – es war ein Dienstag – nach der Schule wieder bei ihm im Buchladen war.

»Nein, bin ich nicht«, lachte er. »Aber warum findest du den Namen seltsam?«

»Naja, ich kenne niemanden, der so heißt. Und meine Mama meinte auch einmal, dass Traugott ein ziemlich altmodischer Name ist.« Jetzt lachte Traugott herzhaft.

»Ja das stimmt wirklich«, sagte er. »Ich war auch nicht immer glücklich über meinen Namen. Es gab eine Zeit, da habe ich es meinen Eltern sehr übel genommen, dass sie mir diesen Namen gegeben haben. Ich habe mir damals nur eines gewünscht: einen ganz normalen, herkömmlichen Vornamen. Ich wollte Thomas heißen oder Alexander, so wie viele andere auch.

In der Schule bin ich oft gehänselt worden. Da gab es Schüler in meiner Klasse, die mein Fahrrad auseinandergebaut, meine Schultasche in den Müll geworfen und mich ausgelacht haben. Wenn ich mich beim Mittagessen auf einen freien Platz setzen wollte, sagten sie mir, er sei besetzt. Oft habe ich dann lieber gar nichts gegessen, als mich dem auszusetzen. Ich war sehr unglücklich und ich konnte mich nicht gegen sie wehren. Ich hatte nur zwei Freunde: Der eine ging in die Parallelklasse und der andere war gar nicht an unsere Schule. Außerdem war ich noch extrem schüchtern.«

»Das ist ja schrecklich. Du musst sehr unglücklich gewesen sein«, rief ich voller Mitgefühl aus und umarmte Traugott.

»Ja, das war ich, aber heute bin ich dankbar dafür, so seltsam das für dich auch klingen mag.«

»Du bist dankbar dafür, dass dir so eine Ungerechtigkeit widerfahren ist?«, fragte ich voller Unverständnis nach. Ich konnte es nicht fassen.

»Ja, denn heute weiß ich eines: Traugott ist ein bedeutungsvoller Name und ich trage ihn jetzt mit Stolz und Würde.«

»Warum? Wenn der Name doch so altmodisch ist, niemand mehr so heißt und du deshalb auch ausgelacht worden bist?«

»Meine liebe Theo, weil mir mein ungewöhnlicher Name etwas ermöglicht hat. Ich habe zwei Dinge hinterfragt: Wie wichtig ist es, so zu sein wie alle anderen? Und wie wichtig ist das Werturteil der anderen?

Diejenigen, die mich ausgegrenzt haben, haben mich letztendlich stark gemacht. Im Leben musst du den Mut haben, anderen zu missfallen, wenn es darum geht, die eigene Wahrheit zu leben. Soll ich dir etwas sagen, Theo? Ich liebe meinen Namen genau deshalb, weil er altmodisch ist und weil ich später die Botschaft, die mir meine Eltern mitgeben wollten, verstanden habe.

Ich weiß, es ist nicht mehr modern, an Gott zu glauben. Man versucht sogar, Gott abzuschaffen, und am besten nimmt man das Wort selbst erst gar nicht mehr in den Mund.«

»Das hat meine Mama auch gesagt«, warf ich ein.

»Ja, es bedarf einer ordentlichen Portion Mut, um sich ganz öffentlich zu ihm zu bekennen. Gerade in der heutigen Zeit ist es gut, über Gott nachzudenken. Heutzutage ist Coolsein angesagt. Die Gefühlskälte ist in Mode gekommen. Religion hat an Wichtigkeit verloren. Es zählen immer mehr die ›Werte‹, die im Grunde gar keine sind. Das Fundament wackelt und es wird nicht mehr lange dauern, bis das Gerüst Leben auf dem wackelnden Fundament zusammenbrechen wird. Weißt du, Theo, meine Mama war sehr weise«, sagte Traugott mit einem versonnenen Lächeln. »Sie hat mich so genannt, weil sie wirklich verstanden hat, worum es im Leben geht. Denn sie war fest davon überzeugt, dass Namen einen Charakter besitzen, Aufgaben unterstützen und einen Lebensweg anzeigen. Der Name ist wie das Leben – ein Geschenk der Eltern und Vorfahren – und zeigt deutlich Aufgabe und Auftrag in dieser Welt an. Und das wollte sie mir mitgeben.

Sie sagte zu mir: Du bist ein Kind Gottes. Sage allen, dass Gott die Menschen liebt, so wie sie sind. Dass sie so, wie sie sind, perfekt sind und das Universum wohlwollend ist. Sage ihnen, dass sie geschaffen wurden, um sich zu entwickeln und zu lernen, und dass es nicht wichtig ist, wie viele Autos und welchen Besitz sie haben, denn das verschafft nur eine kurzfristige Befriedigung. Die Kinderzimmer sind übervoll mit befriedigten, gierigen Wünschen, die dann schnell nichts mehr wert sind. Denn es geht um viel größere Dinge. Es geht darum zu erkennen, wie wertvoll das Leben ist. Nicht nur dein eigenes Leben – nein, alles Leben. Und es geht um Freundschaften und darum, alle Menschen so zu behandeln, wie man selbst gerne behandelt werden möchte. Es geht um Hilfsbereitschaft und Nächstenliebe und was es ausmacht, für andere da zu sein. Es geht um Freude und darum zu lernen, wie wichtig Lachen ist. Außerdem geht es um Geduld und um Vertrauen. Vertrauen, dass du von Gott beschützt wirst. Traugott heißt Vertrauen in Gott und der Name ist deshalb so einzigartig, weil es niemand mehr tut. So weise war meine Mama.

Denn weißt du was das heißt, Theo? Das heißt, dass egal was dir passiert, du immer vertrauen kannst. Es ist von Gott gewollt und ist dir nützlich.«

»Auch wenn es mir ganz schlecht geht?«

»Ja, auch wenn es dir ganz schlecht geht.«

»Aber dann ist es doch ziemlich schwierig, oder?«

»Ja, das ist es. Dann ist es schwer. Manchmal sehr schwer, manchmal fast unmöglich. Aber etwas einfacher ist es, wenn man Traugott heißt«, sagte Traugott scherzend. »Oft versteht man erst viel später, dass Dinge, die passiert sind, doch einen Sinn gehabt haben. Dann ist es möglich, sich mit Schicksalsschlägen zu versöhnen. Bisweilen ist es ein langer Prozess. In der schwierigen Situation – in dem jeweiligen Augenblick – empfindet und überblickt man es allerdings meistens nicht. Weißt du, etwas nicht zu bekommen, ist manchmal ein großer Segen – auch wenn man es sich noch so sehnlichst gewünscht hat.«

Ich spürte einen Widerstand in mir aufkeimen. »Da bin ich mir nicht so sicher ... Ich verrate dir etwas, aber du darfst es nicht weitererzählen«, sagte ich deshalb.

Traugott nickte. »Ich verspreche es.«

»Also, ich würde mir zum Beispiel so sehr wünschen, dass Florian in mich verliebt ist.«

»Ja das verstehe ich, aber du weißt nicht sicher, ob er der Richtige für dich ist. Vielleicht hat ja Gott einen ganz anderen Plan und du lernst bald einen Jungen kennen, der viel besser zu dir passt.«

»Aber der Florian ist der netteste, lustigste und beliebteste Bub in unserer Klasse«, protestierte ich.

»Vielleicht brauchst du nur ein bisschen mehr Geduld. Vielleicht ist die Zeit noch nicht reif.«

»Doch, doch, sie ist reif, da bin ich mir ganz sicher! Ich warte ja schon.«

»Ja, aber er vielleicht nicht. Meinst du nicht auch, dass es wichtig wäre, dass auch er bereit ist?«

»Ja, das wäre schon wichtig«, sagte ich ernst.

»Geduld ist eine wichtige Eigenschaft, denn es heißt zu erkennen, dass es für alles eine richtige Zeit gibt. Dinge müssen wachsen dürfen. Menschen müssen sich entwickeln dürfen und dafür braucht es Geduld und Zeit. Du wirst von keinem Apfelbaum verlangen, dass er im März schon Früchte trägt, denn du weißt, die Zeit der Apfelernte kommt erst im Herbst. Auch Gedanken müssen wachsen und reifen, bis sie sich im Leben manifestieren. Übrigens wirst du dir auch von keinem Apfelbaum wünschen, dass er Birnen trägt, denn das wäre sinnlos. Von einem Menschen allerdings würde man schon erwarten, dass er sein Verhalten ändert. Denk nur an Samuel. Und das ist genauso sinnlos, glaube mir.

Vielleicht denkt sich Gott ja, dass Florian schon der Richtige ist, aber eben erst ein bisschen später – oder er sagt: ›Nein, ich habe etwas viel Besseres für dich.‹ Kannst du es wissen?«

»Nein.«

»Na siehst du. Deshalb solltest du dir in Zukunft nicht die Zuneigung einer bestimmten Person wünschen, sondern jemanden, mit dem du glücklich wirst. Und hier kommt wieder Traugott ins Spiel und der sagt: Vertraue Gott.

Rufe Gott an und bitte ihn um seine Hilfe. Bitte ihn um das, was du dir wünschst. Keine deiner Bitten bleibt unerhört.«

»Das kann ich mir nicht vorstellen. Schau, so viele Menschen beten und wünschen sich etwas von Gott und bekommen es doch nicht.«

»Erfüllt dir deine Mama alle Wünsche?«, fragte Traugott.

»Nein, natürlich nicht.«

»Das ist gut so, sonst würdest du wahrscheinlich nur Erdbeereis essen und nur sehr selten zur Schule gehen, habe ich recht? Oder du würdest den ganzen Tag Computerspiele spielen.«

»Vielleicht nicht nur Erdbeereis, aber bestimmt viel mehr als jetzt«, lachte ich. »Und ich würde sicher mehr am Computer spielen. Meine Mama ist da viel zu streng.«

»Sie erfüllt dir jene Wünsche, von denen sie überzeugt ist, dass sie zu deinem Besten sind. Weißt du, Theo, so wie dir deine Mutter nicht jeden Wunsch erfüllt, werden den Menschen von Gott nicht alle ihre Wünsche erfüllt. Das glaube ich. Du kannst dir zum Beispiel von Gott nicht wünschen, dass er für dich tut, was du nicht bereit bist, für dich selbst oder für andere zu tun. Und Gott prüft auch ganz genau, aus welchem Grund du dir etwas wünschst. Die Absicht ist die wahre Kraft hinter dem Wunsch.

Wenn deine Wünsche nur dazu dienen, schnelle Bedürfnisse zu befriedigen, werden sie dir vielleicht nicht erfüllt werden. Wenn deine Wünsche jedoch reinen Herzens sind und im Einklang mit deiner Lebensaufgabe stehen, dann wirst du Hilfe bekommen. Prüfe immer genau, aus welchem Anlass du dir etwas wünschst. Wünschst du dir etwas, nur um besser bei deinen Freunden dazustehen oder damit dich andere bewundern, dann ist der Anlass kein reiner. Wünschst du dir etwas, das im Einklang mit dem steht, wofür du hier auf der Erde bist, dann wirst du die Hilfe bekommen. So, glaube ich, könnte es sein. Aber wissen tue ich es natürlich nicht.«

»Einfacher wäre es doch, wenn es Probleme gar nicht erst geben würde«, warf ich ein.

»Stimmt, aber ohne Probleme, könnten wir nichts überwinden und nicht wachsen. Dann gäbe es keinen Fortschritt und keine Entwicklung. Das Leben wäre vielleicht geordneter, aber zutiefst langweilig. Glücklich, unglücklich, einmal oben, einmal unten, so ist es. Was wäre das Leben ohne Herausforderungen? Wir brauchen die Spannung und die Gegensätze.«

Traugott hielt einen Moment inne. Dann fuhr er fort: »Stelle dir Folgendes vor: Tiefblauer Himmel, Sonne, unendlicher feiner Sandstrand, vollkommene Ruhe, für Essen und Trinken ist gesorgt ...«

»Hört sich gut an«, fand ich.

»Wie lange? Spätestens nach einer oder zwei Wochen wird dir total langweilig.«

»Wahrscheinlich hast du recht«, seufzte ich.

»Im Leben, so scheint es, gibt es auch keine Abkürzungen. Du bekommst ein Problem und wenn du es gelöst hast, erhältst du die Erfahrung und die Lektion daraus. Und dann kommt das nächste Problem, das du lösen musst. Wenn du es nicht löst, bekommst du es immer wieder in einer anderen Variante vorgesetzt. Vielleicht sieht es oberflächlich betrachtet anders aus, aber der Kern ist derselbe. Dabei ist eines sicher: Gott hilft dir bei der Lösung, wenn du ihn darum bittest und auf seine Antworten vertraust.«

»Gibt es auch problemlose Zeiten? Ich meine, warum bekomme ich, wenn ich eines gelöst habe, gleich das nächste

Problem? Das ist doch wahnsinnig anstrengend«, rief ich aus.

»Das ist die Natur des Wachstums. Wenn du immer wieder die gleichen Erfahrungen machst, entwickelst du dich nicht weiter. Erinnere dich: Zuerst ging es nur darum, laufen zu lernen, dann wolltest du laufen, dann schneller laufen. Und heute willst du so schnell laufen, dass dir niemand den Ball wegnehmen kann, heute willst du eine gute Fußballspielerin sein. Es ist die Natur des Lebens, dass der Mensch immer nach mehr Erfahrung und größeren Ausdrucksmöglichkeiten strebt.«

Wir schwiegen.

»Mit Vertrauen, geht alles viel leichter, denn dann weißt du, dass du nicht alleine bist und dir ist gewiss, dass jemand zur Seite steht, der dir hilft. Gott ist dein Partner. Weißt du, Theo, die meisten Menschen versuchen, ihre Wünsche im Außen zu befriedigen. Aber dort werden sie ihr Seelenheil nicht finden. Sie glauben, dass wenn sie sich neue Sachen kaufen, werden sie glücklicher. Wonach sie streben ist ein neues Auto, ein großes Haus, neue Kleider … und weil sie innerlich schon ganz leer sind, halten sie sich daran fest.

Aber es ist offensichtlich, dass diese Befriedigung nur kurzfristig ist und tief im Inneren nicht glücklich macht. So ist das mit der Begehrlichkeit. Sie ruft uns dazu auf, immer Neues zu wollen, und kaum ist ein Wunsch befriedigt, entsteht schon ein neuer Wunsch. Wie lange freust du dich über ein neues Spielzeug, das du unbedingt haben wolltest? Denk einmal darüber nach. Wie viele Sachen liegen in deinem Kinderzimmer, die du dir sehnlichst gewünscht hast, die dich aber jetzt nicht mehr interessieren?«

»Ich weiß es nicht«, sagte ich. »Aber es stimmt, es gibt sicherlich ganz viele Spielsachen, die ich mir einmal sehr gewünscht habe und unbedingt haben wollte und die ich heute nicht mehr brauche, an die ich nicht einmal mehr denke und die mir auch nicht abgehen würden, wenn ich sie nicht mehr hätte.«

»Wenn man sich an diesen Freuden festhält, Theo, ist man ziemlich verloren, weil diese Dinge keinen Halt geben. Die Gottlosigkeit unserer Zeit hat vor allem innere Leere hervorgerufen. Es ist offensichtlich, dass unsere Bedürfnisse über den materiellen Besitz hinausgehen. Es ist offensichtlich, dass unsere Bedürfnisse über das hinausgehen, was wir mit unseren fünf Sinnen erfassen können. Wenn ein Wunsch erfüllt ist, kommt meist kurz darauf gleich der nächste auf, sodass wir immer wieder neu wollen, was wir noch nicht besitzen. Leben heißt nicht, seine nie enden wollenden Bedürfnisse zu befriedigen, sondern das, was Gott in uns veranlagt hat, zum Ausdruck und zur vollen Blüte zu bringen. Deshalb sind wir auf die Welt gekommen.«

Wir schweigen beide gedankenvoll.

»Und du bist ganz sicher, dass alles so ist, wie du es sagst?«, fragte ich skeptisch.

»Was ich dir sage, entspricht meiner tiefsten Überzeugung, meinem Glauben. Aber wissen tue ich es nicht. Ich weiß es nur für mich. Gedanken sind frei, es steht dir frei zu glauben oder nicht zu glauben. Da mische ich mich nicht ein und Gott übrigens auch nicht. Er liebt dich nicht weniger, wenn du nicht glaubst. Über die absolute Wahrheit kann nicht allgemein abgestimmt werden. Jeder muss für sich selbst herausfinden, was er glauben möchte. Und wir sollten offen sein.

Menschen, die davon überzeugt sind, im Besitz der echten und einzigen Wahrheit zu sein, sind nicht bereit, sich andere Sichtweisen anzuhören. Den Glauben kann man vom Verstand her nicht erfassen. Ich kann verstehen, dass es mitunter alles andere als einfach ist, an Gott zu glauben, weil es so viel

Leid in der Welt gibt. Aber ich bin sicher, dass diejenigen, die nicht an Gott glauben, ihn vermissen und einfach auch darüber traurig sind, dass er nicht da ist.

Es gibt zu viele Dinge zwischen Himmel und Erde, die rätselhaft oder nicht erklärbar sind, als dass man sie mit absoluter Gewissheit als wahr oder unwahr annehmen kann. Aber eines weiß ich bestimmt: Der Mensch ist nicht das Maß aller Dinge, es gibt etwas, das viel größer ist.«

***

Kapitel 20

»Liebe ist der höchste Wert. Wenn die Menschen von Liebe sprechen, meinen sie meistens jene, die Mann und Frau zusammenführt. Wenn Gott dagegen von Liebe spricht, meint er die grenzenlose, allumfassende, bedingungslose Liebe. Jene Liebe, die auf alle Menschen gleich strahlt.«

Traugott machte ein Pause und ließ seine Worte wirken.

»Im Leben geht es darum, den Menschen in Liebe zu begegnen, nicht zu werten, sondern jeden Einzelnen in seiner Andersartigkeit zu akzeptieren. Denn wenn wir alle ein Teil von Gott sind und das Göttliche in jeder Seele ist, dann geht es darum, Gott in jeder Seele zu erkennen.

Denn dann begegnen wir Menschen auf einer anderen Ebene. Auf einer Ebene, die weniger oberflächlich ist, die tiefer geht. Wir verstehen, dass jeder so, wie er ist, von Gott gewollt ist und jeder Mensch einfach nur auf einer anderen Entwicklungsstufe seines Bewusstseins steht.

Im Leben geht es letztendlich um Nächstenliebe. Es geht darum, die Intelligenz des Herzens zu erweitern. Deinen Intellekt, deinen wachen Verstand, brauchst du nur, um die praktischen Aufgaben zu lösen. Er ist ein guter Helfer. Einen wachen Verstand zu haben, heißt jedoch nicht, dass du einen besseren Zugang zu deinem Herzen hast. Die Intelligenz des Herzens ist wesentlich. Allerdings wirst du leider in der Schule kaum lernen, einen Zugang zu ihr zu finden. Du lernst sie nur im Umgang mit Menschen.

Das Leben steht in keinem Lehrbuch, man muss mit der Aufgabe wachsen. In der Schule wird nur der Verstand trainiert, aber nicht der Geist. Du lernst rechnen, aber nichts über die Magie der Zahlen. Du lernst Geografie, aber wenig über die Schönheit und Vollkommenheit der Natur und die Kraft und die Energie, die man aus ihr schöpfen kann. Du lernst Geschichte, aber nicht, warum die Menschen so wenig aus ihr gelernt haben. Du lernst Geometrie, aber wenig über die Ordnung, die im Universum herrscht und die Kraft, die die Gestirne zusammenhält. Du lernst über die Anatomie des Körpers, aber nichts über die Natur der Seele. Du lernst Fremdsprachen, aber wenig über die universelle Sprache, die keiner Worte bedarf und die dennoch jeder versteht. Du lernst Philosophie, aber wenig über die Liebe und wie man sie verbreitet.

Das Wissen, das propagiert wird, ist einseitig und du lernst nur sehr spärlich, was es heißt, ein Mensch zu sein, oder etwas über den Zugang zum Gewissen. In der Schule geht es darum, Wissen zu erwerben, und nicht darum, Weisheit zu entfalten. Du hämmerst Einstudiertes auf Gedächtnisstützen. Für angepasstes Betragen gibt es Lob, für gute Schularbeiten gute Noten. Und am Ende stehst du dem Leben völlig unvorbereitet gegenüber. Aber das Leben ist keine Generalprobe. Du bist live auf Sendung und kannst von niemandem erwarten, dass er dir beim Leben hilft. Es geht nicht ausschließlich um Bildung, es geht um Bewusstseinsbildung. Und die Aufforderung an die Menschen ist einfach: Handle so, wie du selbst gerne behandelt werden möchtest. Du wünschst dir Fürsorge? Sei fürsorglich! Du wünschst dir Hilfsbereitschaft? Sei hilfsbereit! Du wünschst dir Freude? Verschenke Freude! Wenn du jemandem eine Freude machst, dann fühlt sich das doch gut an, oder?«

Ich überlegte einen kurzen Moment.

»Ja, zum Beispiel als ich den Herz-Anhänger aus Speckstein für meine Mama zum Geburtstag geschliffen habe, da hatte ich dieses gute Gefühl. Ich war sehr aufgeregt und habe mich selber riesig gefreut. Und in der Nacht vor ihrem Geburtstag konnte ich nur ganz schwer einschlafen.«

»Und, wer glaubst du, hat sich mehr gefreut, deine Mama über das Geschenk oder du über die Freude, die du ihr bereiten konntest?«

»Das weiß ich nicht, aber sicher ist: Ich habe mich gefreut und meine Mama hat sich auch sehr gefreut.«

»Siehst du. So funktioniert das. Du verschenkst Freude und bekommst sie gleichzeitig auch zurück. Ist das nicht ein tolles Gefühl? Schenke anderen etwas und du bekommst ein Geschenk zurück! Das ist doch ein erhabenes Gefühl.«

Ich wurde nachdenklich. »Da bin ich mir nicht sicher. Ich glaube, das stimmt nicht immer. Denn dem kleinen Jungen, der früher unter uns gewohnt hat, habe ich meinen Traktor geschenkt und er hat ihn nur an sich gerissen, ohne sich auch nur zu bedanken.«

»Du wirst auch nicht immer von demjenigen, dem du etwas schenkst, etwas zurückbekommen. Trotzdem wirst du reicher, wenn du etwas hergibst. Am Ende des Tages fühlt derjenige, der gegeben hat, sich besser als derjenige, der nur empfangen hat. Du fühlst dich dann gut und auf einer materiellen Ebene bist du nicht ärmer geworden. Ganz ehrlich,

Theo, hättest du den Traktor nicht verschenkt, läge er jetzt immer noch unbeachtet bei dir im Zimmer herum – du bist doch schon zu alt dafür, als dass du noch mit ihm gespielt hättest, oder?

Okay, vielleicht hat der Junge seine Dankbarkeit nicht gezeigt und das hat dich enttäuscht. Enttäuschungen aber gehören zum Leben. Du kannst nicht von anderen erwarten, dass sie sich immer so benehmen, wie du es erwartest. Ein anderer Junge wäre dir für das gleiche Geschenk vielleicht um den Hals gefallen. Beim Geben geht es nicht darum, etwas zurückzubekommen, denn wenn du nur gibst, um etwas zurückzubekommen, funktioniert das mit der inneren Freude nicht.«

Ich blickte ihn fragend an.

»Wenn du Freude verschenkst, wirst du Freude bekommen. Wenn du mit der Absicht gibst, etwas zurückzubekommen, wirst du diese Freude nicht spüren. Kannst du den Unterschied fühlen? Deiner Mama wolltest du wirklich aus reinem Herzen eine Freude bereiten und das hat letztlich dazu geführt, dass du diese Freude auch empfinden konntest. Beim Nachbarsjungen bin ich mir da nicht so sicher. Wie war das damals? Wolltest du dem Jungen wirklich eine Freude machen oder hast du den Traktor nur verschenkt, weil du so oder so nicht mehr mit ihm gespielt hast und vielleicht etwas anderes als Ausgleich erwartet hattest?«

»Keine Ahnung«, sagte ich, »das weiß ich nicht mehr so genau.«

»Theo, um diese Dinge zu verstehen, musst du eines immer sein: grenzenlos ehrlich mit dir selbst. Widerstehe immer der Versuchung, dir die Wahrheit zurechtbiegen zu wollen.«

»Naja«, sagte ich verlegen, schaute kurz aus dem Fenster

und dann wieder in Traugotts Augen, »ich wollte ihm schon eine Freude machen, aber wenn ich ganz ehrlich bin, habe ich damit gerechnet, dass ich etwas zurückbekomme. Und eigentlich hat ja auch meine Mama gesagt, dass ich den Traktor dem Jungen schenken könnte, weil ich ihn ja nicht mehr brauche.«

»Das ist sehr ehrlich von dir. Überprüfe immer, aus welcher Absicht du etwas tust. Nur wenn du bedingungslos Freude verschenken möchtest, wenn die Absicht aus reinem Herzen kommt, wirst du in dir auch Freude spüren. Sei nicht enttäuscht, wenn der andere seine Dankbarkeit nicht zeigt. Du wirst trotzdem etwas zurückbekommen, vielleicht von jemand anderem, und wenn nicht, dann hast du noch immer das gute Gefühl in dir, andere beschenkt zu haben.

Das Einzige, was dir wirklich bleibt, ist das, was du bedingungslos verschenkst. Erinnere dich an das, was ich vorhin gesagt habe: Prüfe immer, aus welchem Anlass jemand handelt, und du wirst die Menschen besser kennen- und verstehen lernen!

Die Menschen wollen immer mehr und letztlich geht es auf ihre eigenen Kosten. Halte nach jenen Ausschau, denen der Mensch wirklich wichtig ist, und nicht nach jenen, die nur vermehren wollen, was sie schon im Überfluss haben. Halte Ausschau nach Menschen, die Integrität leben, nimm sie als dein Vorbild und trage das in die Welt.«

»Was ist Integrität?«, wollte ich wissen.

»Integre Menschen tun das, was sie sagen, und sagen das, was sie tun. Lerne von den Menschen, die Liebe ausstrahlen, weil sie die Liebe sind, und hüte dich vor denen, die sie nur äußern. Liebe bedarf keiner Äußerung. Liebe ist. Lass dich niemals nur von schönen Worten bezirzen, denn nur wenn Taten folgen, kannst du den Worten Glauben schenken.

Freundlichkeit ohne Liebe ist nichts wert. Ein süßes Lächeln ohne Liebe schmeckt bitter. Denn Worte sind nur das Kleid der Gedanken und so wie dein Körper nicht dein wahres Selbst ist, sondern nur dein Kleid, so sind Worte nur die Hülle der Gedanken. Lass niemals Vertrauen in dir aufkommen allein aufgrund der Worte, die jemand gesagt hat. Jemand, der wirklich gütig ist, denkt nicht darüber nach, dass er gütig sein will, sondern er ist es und alles, was er sagt, denkt, fühlt und tut, ist Ausdruck seiner Güte. Er ist die Güte selbst.«

Traugott kratzte sich am Kinn und fragte: »Was meinst du sind Habseligkeiten? Was könnte dieses Wort bedeuten?«

Und ohne mir Zeit für eine Antwort zu lassen, schloss er gleich die nächste Frage an: »Wie viel von dem, was du besitzt, gehört wirklich zu deinen Habseligkeiten? Mit Habseligkeiten meine ich Dinge, die wir haben und die uns selig machen. Also Dinge, an denen dein Herz hängt. Denn der Rest ist Überfluss und Überfluss kann auch belasten. So wie ein Fluss zerstört, was auf seinem Weg liegt, wenn er aus seinem Flussbett tritt. Werde dir dessen nur kurz bewusst.

Wenn du aufzählst, was dir wirklich wichtig ist, wirst du feststellen, wie wenig das ist. Miste dein Leben aus und verschenke, was du nicht mehr benötigst. Vielleicht gehört dann etwas, das du nicht mehr beachtest, zu den Habseligkeiten eines anderen. Schätze wert, was du hast, und entledige dich dessen, wofür deine Wertschätzung verloren gegangen ist, damit es ein anderer möglicherweise wertschätzen kann. Stoppe den Überfluss im Außen und lass stattdessen lieber deine Seele überfließen. Die wahren Geschenke, Theo, sind die, die dir selber wichtig sind und die du dennoch mit anderen teilst. Wahre Freude ist, wenn Geben Nehmen ist und Nehmen Geben.«

Mein Blick verriet offenbar, dass sich meine Gedanken zu drehen begannen. So schlug Traugott vor: »Lass uns doch einmal gemeinsam überlegen, was durch dich und durch mich in die Welt kommen kann, und nicht, was wir von möglichst vielen bekommen könnten.«

Also überlegten wir: Achtung, Anerkennung, Zeit, Freude, Hoffnung, Kraft, Vertrauen, Zuneigung, Ruhe, Wertschätzung, Freundschaft, Dankbarkeit, Liebe ...

»Das Leben ist ein Abenteuer. Lass dich darauf ein, bring diese Qualitäten in die Welt. Probiere das am besten gleich beim nächsten Menschen aus, der dir begegnet«, sagte Traugott.

***

Kapitel 21

»Traugott? Warum sind wir eigentlich hier? Ich meine, warum werden wir geboren? Was glaubst du?«

»Ich glaube«, sagte er und kratzte sich wieder am Kinn, »wir sind hier, um zu erkennen, wer wir wirklich sind, um zum Ausdruck zu bringen, was in uns veranlagt ist. Wir sind hier, um das einmalige Bild, das sich Gott von uns gemacht hat, zu leben. Es gibt etwas, wofür du bestimmt bist und niemand anders. Jeder von uns hat jede Menge Begabungen und Fähigkeiten mitbekommen, um seinen Beitrag für die Welt zu leisten und den Menschen zu dienen. Ich glaube, du hast eine ganz spezielle Aufgabe, für die du auf die Welt gekommen bist. Es scheint ein sehr wichtiger Auftrag zu sein, denn nur du kannst ihn erfüllen.«

»Was könnte das sein?«, fragte ich und stützte dabei fragend meinen Kopf auf meine Hände.

»Diese Frage kann ich dir nicht beantworten. Das musst du in dir selbst erfragen und für dich herausfinden. Du weißt ja jetzt: Wenn du fragst, bekommst du sicher eine Antwort. Ich glaube, das Entscheidende ist, derjenige zu werden, der du bist. Sei du selbst und lebe, was in dir und durch dich zum

Ausdruck kommen soll. Finde für deine Eindrücke von der Welt deinen ganz persönlichen Ausdruck. Suche Vorbilder, aber ahme sie nicht nach. Vertraue auf das, was aus dir kommt, unabhängig von der Meinung anderer.«

Nach einer kurzen Pause fuhr Traugott fort: »Das Kostbarste, was du hast, ist dein Leben. Sei dir dessen immer bewusst. Wichtig aber ist, wie du damit umgehst, was du daraus machst. Das Schlimmste, glaube ich, ist zu sterben und davor zu erkennen, dass man seine Lebenszeit verschwendet hat und man nie der war, der man hätte sein wollen oder sein können.

Es gibt so viele Menschen, die unbewusst in den Tag hineinleben und ihre kostbare Zeit mit Ablenkungen vergeuden. Sie opfern ihre Träume und Talente ihrer Trägheit oder ihrer Bequemlichkeit. Ein Mensch, der verstehen will, wie die Welt funktioniert, der neugierig ist und staunen möchte, gibt sich einer Berieselung nicht hin. Es sind die sinnentleerten Beschäftigungen, die uns nicht bereichern, die unsere Seelen verarmen lassen und uns bei lebendigem Leib am Leben hindern. Ich wünsche dir die Weisheit und das Bewusstsein, dass dir das nicht passieren wird. Wir sind verantwortlich für unseren Geist und sollten ihn mit wertvoller Nahrung versorgen. Geh hinaus, schaue in die Welt und erkenne, dass das Leben ein Abenteuer ist. Folge immer deinem Herzen.

Es gibt viel zu tun. Es geht darum, sich auf etwas Größeres einzulassen. Es geht darum zu verstehen, dass es im Leben um wesentlich mehr geht als um das, was die meisten Menschen anstreben. Im Prinzip geht es darum, dein Bewusstsein zu erhöhen!«

»Was heißt eigentlich Bewusstsein genau?«

»Bewusstsein heißt: jeden Augenblick bewusst zu sein. Das bedeutet, dass du dir in jedem Augenblick gewahr bist, was du denkst und was du fühlst. In jedem Augenblick heißt: immer, jetzt, eben in der Gegenwart. Es gibt gar keine andere Zeit als die Gegenwart. Die Vergangenheit ist vergangen und Erinnerung. Die Zukunft ist noch nicht da und Erwartung. Also bleibt nur noch die Gegenwart. Du kannst immer nur jetzt leben. Wenn du bewusst bist, vereinst du im selben Augenblick Aufmerksamkeit, Achtsamkeit und Achtung. Weißt du, was das im Einzelnen bedeutet?«, fragte Traugott.

»In etwa«, sagte ich, »aber erkläre es mir.«

»Aufmerksamkeit wirst du sicherlich kennen, das wird schon in der Schule von euch eingefordert.«

»Ja stimmt«, lachte ich, »das heißt, wir sollen aufpassen und zuhören, was die Lehrer sagen.«

»Genau, aufmerksam ist, wer aufpasst und wachsam durch das Leben geht. Stelle dir Folgendes vor: Du gehst von hier bis zum Lusthaus und wieder zurück. – Kennst du den Weg bis zum Lusthaus?«

Ich nickte. »Ja, den Weg fahre ich öfters mit dem Rad.«

»Gut. Wenn du unbewusst lebst, gehst du einfach los und irgendwann bist du dann dort. Wenn du während des Gehens aufmerksam bist, nimmst du die verschiedensten Menschen, die dir entgegenkommen wahr.

Du atmest den Duft von Bärlauch ein, hast das Eichhörnchen gesehen, das gerade auf den Baum geklettert ist, und hörst die Amsel auf dem dicken Ast zwitschern. Du bemerkst die weißen Blüten der Kastanienbäume und hast entdeckt, dass sie rosa Flecken haben. Außerdem beobachtest du, wie sich die Gräser im Wind wiegen, so als würden sie sich immer wieder vor der untergehenden Sonne verneigen. Während du gehst, wirst du tausend Dinge wahrnehmen, die deinen Spaziergang reicher und bunter gemacht haben. Das ist Aufmerksamkeit. Und all das würde dir entgehen, wenn du geistesabwesend und unbedacht den Weg gehen würdest. Nur in der vollen Aufmerksamkeit kannst du wirklich lebendig sein.«

»Ich verstehe.«

»Kommen wir also zur Achtsamkeit. Wenn du während des Gehens achtsam bist, wirst du vielleicht einer Schnecke am Boden ausweichen, die du wahrgenommen hast, um nicht auf sie zu treten. Du wirst einem Kind helfen, das gerade mit seinem Fahrrad gestürzt ist. Wenn du achtsam bist, lenkst du deine Aufmerksamkeit auf das, was gerade ist.«

»Alles klar. Dann erklär mir bitte, was Achtung ist.«

»Achtung ist, wenn du das alles noch mit Wertschätzung ausführst. Wenn du Respekt davor hast, wie die Dinge sind, und vor allem davor, dass die Dinge so sind, wie sie sind. Und wenn du erkennst, dass alles ein Teil der Schöpfung ist und du in den kleinen Dingen das Große auch nur ansatzweise erahnst. Aus der Achtung kommt das Staunen darüber, was ist, aus dem Staunen dann die Lebensfreude, das heißt die Freude darüber, dass du Teil dieses Lebens und somit ein Teil dieser Schöpfung bist.

All das zusammen macht dein Bewusstsein aus. Und je bewusster du bist, umso mehr nimmst du am Leben teil, desto lebhafter und abwechslungsreicher wird es sein und desto mehr hast du es selber in der Hand. All diese kleinen Dinge machen dein Leben so viel bunter, beschwingter und gehaltvoller. Verstehst du? Jetzt, wenn du bewusst lebst, ist das Leben ein einziges, großes Abenteuer. Die Welt ist ein Abenteuerspielplatz und es liegt in der Natur von Abenteuern, dass man sie erleben möchte.«

»Ja, stimmt«, nickte ich zustimmend.

»Kannst du Abenteuer erleben, wenn du Stunden vor dem Fernseher verbringst? Weißt du, Theo, wenn du das verstanden hast und es lebst, dann weißt du mehr als ein Großteil der Menschheit. Beobachte doch einmal die Menschen um dich herum. Die meisten gehen sehr unbewusst durchs Leben. Sie leben halbherzig und kommen nie im Augenblick an. Sie nehmen kaum wahr, was um sie herum geschieht. Vergiss nie, aus dem Staunen kommt die Lebensfreude.«

Ich schwieg einen Moment. Dann fragte ich nachdenklich: »Was ist deine Lebensaufgabe, Traugott?«

»Meine Lebensaufgabe ist es, Menschen und Bücher zusammenzuführen, denke ich. Ich möchte in meinem kleinen Wirkungskreis dafür sorgen, dass die Menschen ihr Denken bewusst mit erhabenen Gedanken und Ideen füllen.

Werte brauchen Nahrung. Mein Wunsch ist es, dass alle, die meinen Laden betreten, geistreiche Bücher lesen. Bücher, die ihren Geist bereichern. Ich höre ihnen schweigend zu und versuche, in ihre Seele zu blicken, um zu erkennen, was sie am meisten zu verstecken suchen. Sei gewiss, zu jeder Gefühlsregung gibt es ein passendes Buch, eines, das tröstet oder beschwichtigt, aufrichtet oder besänftigt, ermuntert oder erheitert, beruhigt oder ermutigt.

Ich will meinen Enthusiasmus weitergeben. Und ich will verhindern, dass die Menschen sich ausschließlich der Berieselung hingeben und in den Tag hineinleben. Ich will dafür sorgen, dass sie ihr Bewusstsein nicht abstumpfen lassen durch die vielen Reize und Eindrücke, die tagtäglich auf sie einströmen und sie von ihren Werten ablenken. Mein Wunsch ist, dass sie zumindest zeitweise aufhören, ihr Leben zu konsumieren, ohne es zu erfüllen, und ihre Zeit vergeuden, ohne ihren Wert zu kennen. Sie sollen – wenn auch nur für kurze Zeit – ihre Aufmerksamkeit von allem Äußeren abwenden und ich möchte ihnen dabei helfen, nach innen zu schauen. Ich empfehle auch nur die Bücher, von denen ich überzeugt bin, dass sie den Menschen in ihrer Entwicklung dienlich sind.

Weißt du, Theo, hinter jeder Lebensaufgabe steht auch eine Seelenaufgabe. Im Grunde geht es um die Erfüllung der Seelenaufgabe. Meine Seelenaufgabe ist es, den Menschen wieder in Erinnerung zu rufen, dass es Gott gibt, dass Gott groß ist und er die Menschen liebt. Meine Seelenaufgabe ist, Vertrauen in Gott zu verbreiten. Meine Lebensaufgabe ist die Art und Weise, wie sich meine Seelenaufgabe im Leben darstellt. Verstehst du?

Ich bin Buchhändler, ich lese gerne und viel und möchte Menschen das Wissen empfehlen, von dem ich glaube, dass es ihnen hilft, die Wahrheit zu erkennen ... Ich verkaufe literarische Trostpflaster und, nicht vergessen, ich heiße Traugott.«

Ich musste schmunzeln. »Woher kennst du deine Seelenaufgabe?«

»Gott hat es mir geflüstert«, sagte Traugott heute zum zweiten Mal mit einem scherzhaften Augenzwinkern. »Wer bei Traugott vorbeigeht, kommt an Gott nicht mehr vorbei! Das ist meine Seelenaufgabe und nur ich kann sie erfüllen.

Jeder hat eine Seelenaufgabe und wenn du bewusst durchs Leben gehst, wirst du sie auch finden. Deine Seelenaufgabe findest du in dem du dir und dem Leben vertraust. Wenn du vertraust, traust du dir auch etwas zu. Die Sehnsucht ist die Sprache der Seele. Wünsche kommen und gehen, aber die Sehnsucht hört niemals auf. Sei getrieben von deinen Sehnsüchten.

Deine Sehnsucht und deine Talente sind das beste Indiz für deine Seelenaufgabe. Und vertraue darauf, dass du alle Fähigkeiten besitzt, um deine Seelenaufgabe zu erfüllen. Ich glaube, jeder, der eine tiefe Sehnsucht nach etwas ganz Bestimmtem in sich verspürt, verfügt auch über alle notwendigen Talente, um diese zu erfüllen. Sei getrieben von dem, was du tun willst, und nicht von dem, was du glaubst tun zu müssen, weil andere es von dir erwarten. Entdecke, was dich interessiert, was dich fasziniert, was dich verzaubert, und höre nie auf zu träumen.

Seelenaufgaben packen uns, sie kommen auf uns zu. Du wirst in dir wissen, was zu tun ist. Du wirst Begeisterung und eine so große Motivation in dir spüren, das Herz wird dir dabei so weit aufgehen, dass du gar nicht anders kannst, als deine Seelenaufgabe zu erfüllen. Die Begeisterung wird nicht abreißen. Tief in dir wirst du wissen, wofür du auf die Welt gekommen bist und niemand wird dich davon abbringen können. Du wirst überzeugt davon sein und wirst tatsächlich dein eigenes Leben leben und nicht das, das andere von dir erwarten. Das Wichtigste ist jedoch: Deine Seelenaufgabe wird aus dem Bedürfnis kommen, den Menschen zu dienen, ihnen etwas zu schenken oder mitzuteilen. Jeder Mensch hat ein einzigartiges Talent und soll es auf seine einzigartige Weise zum Ausdruck bringen.«

»Aber warum kannst nur du diese Aufgabe erfüllen? Diese Lebensaufgabe könnten doch ein paar andere auch haben, oder? Es gibt ja viele Buchhändler auf der Welt«, warf ich ein.

»Das ist richtig, Theo. Es gibt sehr viele Buchhändler, aber nicht jeder hat die Seelenaufgabe, den Menschen Gott näherzubringen. Ein anderer will vielleicht Kinder zum Lesen animieren und ihre Fantasie anregen. Ein anderer will Menschen die Literatur näherbringen. Vielleicht werden viele Menschen die gleiche Seelenaufgabe in sich spüren, aber jeder kann sie nur auf seine Weise erfüllen. Weißt du noch? Jeder ist besonders, einzigartig. Ich kann meine Lebensaufgabe nur auf meine Weise erfüllen. Jeder ist anders, kein Mensch ist so wie ich und niemals werden zwei Menschen ihre Eindrücke auf die gleiche Art und Weise zum Ausdruck bringen.

Die Lebensaufgaben können unterschiedlicher nicht sein. Ein anderer wird vielleicht ein Lied spielen und damit die Herzen der Menschen erreichen. Ein anderer spendet Trost im richtigen Augenblick oder gründet vielleicht ein Unternehmen und sorgt für viele Arbeitsplätze. Eine Mutter kann ihre Lebensaufgabe darin sehen, ausschließlich ihre Kinder großzuziehen.

Keine Lebensaufgabe ist wichtiger als die andere, keine ist besser oder schlechter, gleichgültig ob im wirtschaftlichen, wissenschaftlichen, künstlerischen, politischen, medizinischen oder sozialen Bereich. Nur anders. Verstehst du? Gleichwertig. Jede erfüllte Lebensaufgabe ist gleich wertvoll. Jeder hat seine Talente und es ist doch offensichtlich, dass er diese geschenkt bekommen hat, um sie in den Dienst der Menschheit zu stellen. Findest du nicht?

Was wäre Leonardo da Vinci, wenn er die Mona Lisa nur bei sich zu Hause aufgehängt und sie niemandem gezeigt hätte? Was wäre, wenn die Beatles nie ein Konzert gegeben hätten? Was wäre, wenn Galileo Galilei nicht zu der Überzeugung gestanden hätte, dass die Planeten um die Sonne kreisen und die Sonne der Mittelpunkt des Systems sei? Für seine Theorie musste er sogar ins Gefängnis. Oder Franz von Assisi? Er sah seinen Auftrag darin, seinen Glauben in die Welt zu tragen, und lebte deshalb freiwillig in Armut.

Sie alle waren bedeutende Menschen, die die Welt verändert haben, und von diesen Menschen gibt es viele. Ihr Wirkungskreis war sehr groß. Um seine Lebensaufgabe zu erfüllen, reicht aber schon ein kleiner Wirkungskreis. Denke nur an den Bäcker auf der Landstraße. Wie das Brot duftet, wenn man an seiner Bäckerei vorbeigeht, und wie gut es schmeckt. Meinst du nicht auch, dass gerade er seine Lebensaufgabe darin sieht, für Menschen gutes Brot zu backen, damit sie sich täglich daran erfreuen?«

»Aber der Bäcker verkauft sein Brot, um Geld zu verdienen«, warf ich ein.

»Meine liebe Theo, ich bin überzeugt, dass, wenn du das tust, wofür du hier bist, du den Lohn dafür ernten wirst. Arbeite an deiner inneren Schönheit, an deinem reinen Herzen und an deiner reinen Absicht, dann wird auch die Versorgung mit finanziellen Mitteln ganz leicht in dein Leben treten.

Natürlich verdient der Bäcker seinen Lebensunterhalt, indem er sein Brot verkauft. Aber würde er auch so viel Geld damit verdienen, wenn er es nur um des Verdienstes willen tun würde? Wäre sein Brot dann genauso gut, wenn er es nicht mit Hingabe und Liebe backen würde? Wäre es genauso gut, wenn es ihm nur darum ginge, Geld zu verdienen? Würde es dann auch so herrlich schmecken, hätte er dann auch für jeden seiner Kunden ein freundliches Wort und würden wir es dann genauso gerne kaufen?

Erfolge kommen durch Hingabe und einer reinen Absicht, den Menschen zu dienen. Wenn du etwas mit Hingabe tust, nimmst du dich mit Ernsthaftigkeit einer Sache an. Die Absicht ist das Wichtigste, dann kommt der Erfolg.

Erfolgreiche Menschen tun das, was sie tun, mit Freude. Erfolgreiche Menschen tun das, was sie tun, mit Begeisterung. Freude entsteht, wenn sie ihre Aufgabe erfüllen. Was man begeistert tut, tut man mühelos, weil es ja erhebt und nicht erdrückt. Für etwas, das mit Freude gemacht wird, steht mehr Energie zu Verfügung, als wenn es nur um die reine Pflichterfüllung geht. Sieh dir die Natur an. Eine Blume wächst mühelos, sie strengt sich nicht an, um zu wachsen und zu erblühen. Alles Schwere und Anstrengende gehört nicht zum wahren Wesen der Natur. Nicht Druck, sondern Strömung bestimmt das Leben. Die Natur verschwendet keine Energie. Je höher der Wert, desto geringer ist immer der Aufwand.«

Ich verstand: Jeder Mensch hat ein einzigartiges Talent und soll es auf seine einzigartige Weise zum Ausdruck bringen. Wenn er mit dieser Tätigkeit noch einen Dienst an den Menschen leistet, dann erfüllt er seine Lebensaufgabe und dann ist er erfüllt.

»Weißt du, Theo, du kommst mir vor wie jemand, der dafür sorgen soll, die Herzen der Menschen zu öffnen. Denke einmal darüber nach, vielleicht könnte das deine Seelenaufgabe sein?«

Ich schwieg.

»Wie fühlt sich das an, könnte das stimmen?«, hakte Traugott nach.

Ich lächelte. »Ich denke darüber nach, versprochen.«

Auch Camilles und Frédérics Lebensaufgaben waren klar. Camille verkaufte Blumen an jene, die wiederum anderen eine Freude machen wollten, damit sich die Freude vermehrte und Frédéric wollte unter dem Blätterdach der Lindenbäume und im Restaurant Menschen, die im Alltag getrennte Wege gehen, an einem Tisch zusammenführen, für eine Zeit der Gemeinsamkeit in der Atmosphäre der Vertrautheit ... und das bei einem köstlichen Essen. Und dann wurde mir plötzlich etwas klar: Traugott, Camille und Frédéric – sie alle erfüllten ihre Lebensaufgabe und sie alle taten es mit sehr viel Liebe und Hingabe.

»Traugott? Kann es Zufall sein, dass wir uns getroffen haben?«

»Nein, Theo. Nichts im Universum geschieht nur einfach

so. Das Universum ist so groß und die Schöpfung ist eine einzige Kette von Kausalitäten. Ich bin überzeugt, dass hinter diesem vermeintlichen Zufall ganz bestimmt eine Verabredung unserer beiden Seelen steckt. Es gibt in der Schöpfung nichts Zufälliges. Ist das nicht wahrlich großartig?

Sieh in allem, was dir passiert, eine Gelegenheit und lass den Gedanken zu, dass alles, was dir passiert, sehr viel größer ist, als du es mit deinem kleinen Geist erfassen kannst. Theo, nichts passiert ohne Grund. Vermute hinter jedem Zufall sinnstiftende Ereignisse. Sei gewiss, es gibt keine Zufälle. Streiche das Wort Zufall am besten aus deinem Wortschatz.

Vielleicht verwendest du in Zukunft lieber das Wort Fügung. Eine Fügung ist anders als ein Zufall. Fügung birgt in sich den Glauben oder die Überzeugung, dass entweder wir aus uns heraus oder mithilfe anderer Mächte den Lauf der Dinge lenken. Alles, was existiert, hat eine Ursache. Nur was vorher gedacht wurde, kann überhaupt existieren. Wenn uns etwas wie ein Zufall vorkommt, dann ist es nur unser Unvermögen, die Ursache zu erkennen. Ich glaube, das Leben ist eine Folge von Verknüpfungen.«

»Und ich glaube, dass ich richtig Glück hatte, dass ich dich getroffen habe!«

»Ha«, rief Traugott wie aus der Pistole geschossen aus.

»Glück gehabt gibt es nicht! Das würde doch wieder den Zufall implizieren, oder etwa nicht? Zufall und Glück sind nur Bezeichnungen für ein noch nicht erkanntes Gesetz.

Glaube mir, alles, was passiert, passiert gesetzmäßig. Es begegnet uns nichts, was nicht irgendwie etwas mit uns zu tun hat. Dieses seelenlos dahingesagte *Glück gehabt* kannst du auch gleich wieder aus deinem Wortschatz streichen. Sag lieber *Gott sei Dank, dass wir uns begegnet sind*. Das kommt der Wahrheit schon näher, auch wenn die meisten dieses *Gott sei Dank* genauso seelenlos dahinsagen. Ja, Theo, Gott sei es gedankt. Danke Gott, dass wir uns getroffen haben, das wäre im Ausdruck weiser und es bedeutet, sein Leben wirklich mit Bewusstsein zu füllen. Das ist wirklich ein aufrichtiges Danke wert.

Ich bin auch sehr froh, dass du da bist. Zusammen ist es einfach schöner, meinst du nicht auch?«

***

Kapitel 22

》 Im Leben geht es darum, dass du deine Lebensaufgabe findest, sie lebst und du dich weiterentwickelst. Es geht um die Herzensbildung und um das, was du aus ihr machst. Die einzige Spur, die du einmal hinterlassen wirst, ist die Leuchtspur im Herzen der Menschen.

Und apropos Herz. Da kommt mir doch die Barmherzigkeit in den Sinn. Das ist auch so ein unmodernes Wort. Es bedeutet, sein Herz zu öffnen für Menschen, die in Not sind. Wer schon einmal einem Menschen in der Not geholfen hat, weiß, wie viel Freude man selbst dabei erlebt.

Wenn du jemand anderem hilfst, rede nicht darüber, es genügt, wenn ihr es wisst, du und jener, der deine Hilfe in Anspruch genommen hat. Gutes zu tun bedarf keiner öffentlichen Kundgebung. Man tut es still, für den anderen, mit Hingabe. Hingabe erfordert Stille und Schweigen. Überprüfe deine Haltung, überprüfe deine Motivation und sieh zu, dass sie von Herzen kommt und nicht aus der Bedürftigkeit, dich einfach nur besser fühlen zu wollen. Lass Mitgefühl in dein Herz fließen und handle, ohne nach Bestätigung von außen zu suchen. Denn sich in einer guten Tat zu sonnen, beleidigt jene, denen du geholfen hast. Schweige und sauge auch nicht den Kummer des anderen auf. Das ist Mitleid und niemandem nützlich.

Lass stattdessen Trost aus dir herausströmen. Das ist Mitgefühl. Bei Mitleid sinkt der Energiespiegel, bei Mitgefühl dagegen steigt er. Aus Mitleid kann kein Trost entstehen, sondern, wie das Wort schon mutmaßen lässt, nur gemeinsames Leiden – Mitleiden eben. Aus Mitgefühl jedoch erwächst ein positives Gefühl.

Wenn sich jemand durch dein Mitgefühl verstanden fühlt, ist er nicht mehr so alleine und das gibt Halt. Aus dem Halt entsteht Geborgenheit, aus der Geborgenheit Zuversicht und aus der Zuversicht Mut. Mut, etwas zu verändern. Und aus der Veränderung kann Heil entstehen. Aus dem Heil kann neuer Mut für andere entstehen und noch mehr Heil bewirken.

Es wird immer wieder Menschen geben, die dich enttäuschen werden. Das ist das Leben. In der Bibel heißt es: ›Liebe deinen Nächsten wie dich selbst.‹ Versuche in jedem Menschen zu erkennen, was Gott in ihm geschaffen hat. Wenn Gott in dir ist, ist er auch in jedem anderen. In jedem Bengel steckt auch das Wort Engel. Auch in jedem Fremden. Die Franzosen nennen etwas Fremdes étrange und das französische Wort für Engel ist ange. Ist es nicht spannend, was die Wörter so erzählen, wenn man sich dessen bewusst wird? Das Leben wird mitreißend, wenn du es mit Bewusstsein füllst. Barmherzig sein sollst du nicht nur anderen gegenüber, sondern insbesondere auch dir gegenüber.

Weißt du, was noch ganz wichtig ist, Theo? Das ist die Sache mit der Selbstliebe. Du musst dich selbst mögen, so wie du bist, denn so wie du bist, bist du gewollt. Sprich nie schlecht über dich, Theo, denn im Grunde erkenntest du dann nicht an, was Gott in dir geschaffen hat. Wenn du schlecht über dich redest, geht es für Gott nicht gut aus, denn dann stelltest du das infrage, was er in dir veranlagt hat. Gott weiß, dass du ein großartiges Wesen bist, und du selber besitzt die Freiheit, dich zu entscheiden, wie du dich selbst siehst. Erinnere dich, Gott mischt sich in deine Entscheidungen nicht ein. Gott hat dich nach seinem Ebenbild geschaffen und sein Ebenbild ist Freiheit. Du bist frei zu denken, zu sprechen und zu handeln.

Du kannst deine Lebensaufgabe nur dann leben, wenn du von dir überzeugt bist, wenn du dich anerkennst. Erinnere dich: Um deine Lebensaufgabe zu leben, findest du deinen persönlichen Ausdruck für deine ganz persönlichen Eindrücke.

Aber dieser Ausdruck wird andere nur dann überzeugen, wenn er aus dir gefestigt kommt, wenn du dahinterstehst – mit deiner ganzen Überzeugung und deiner ganzen Liebe zu deinem Tun. Andernfalls fehlt es an Authentizität. Wie willst du einen anderen überzeugen, wenn du selbst nicht überzeugt bist? Liebe, was du bist, was du tust und sei nicht zu hart zu dir selbst. Sei weich. Trau dich, es zu sein. Und sei liebevoll zu den anderen, lass sie so, wie sie sind, und behandle sie respektvoll. Lass das deine Motivation sein und nicht die Frage: Was werden die anderen von mir halten?«

***

Kapitel 23

Nachdem ich Traugott nicht angetroffen habe, fahre ich tags darauf gleich nach der Arbeit noch einmal in unsere alte Straße, parke das Auto und laufe über die Straße. Ich drücke die Türklinke hinunter, die Tür geht auf und das Glockenspiel läutet die mir bekannte Melodie.

Mit einem Schritt auf dem knarrenden Eichenparkett tauche ich in die vertraute Atmosphäre von Traugotts Buchladen ein. Traugott kommt hinter dem grünen Filzvorhang hervor, stockt kurz und ruft freudig überrascht: »Theo!« Er lächelt, breitet seine Arme weit aus, kommt auf mich zu und zieht mich zu sich heran.

»Wie geht es dir?«, frage ich. »Und wie geht es Camille?« In Traugotts Armen wird plötzlich alles leichter. Seit der Trennung von Simon habe ich mich nicht mehr so leicht gefühlt. Er hält mich schweigend im Arm und ich lege meinen Kopf auf seine Schulter.

Als ich in seine dunkelbraunen Augen schaue, spiegelt sich darin alles, was er mir je erzählt hatte. Sein Haus in der Bretagne, seine Eltern, sein Hirtenhund, das Meer, seine Bücher und die Sammlung seiner Worte.

Stille. Er setzt seine Brille auf und lächelt. Noch immer schweigt er. Er nimmt mich ins Visier, so als würde er in meinen Gesichtszügen das kleine Mädchen suchen und wiederfinden. Er wirkt unverändert, seine Locken tanzen noch immer am Brillenrand. Nur einzelne Strähnen sind merklich silbergrau geworden. Das Gesicht ist schraffierter.

Wir kommunizieren stillschweigend – über die Zeit, die verstrichen ist, über unsere erste Begegnung, über Begegnungen, die folgten, über meine Kindheit, über meinen Besuch –, ohne auch nur ein einziges Wort zu sprechen.

Ich sehe mich im Laden um. Alles ist unverändert. Die Regale, die alten Deckenbalken, auch die Büchertische stehen an gewohnter Stelle. Neue Notizen hängen an der Wortewand, bei manchen ist das Papier durch die Sonne, die nachmittags durch das Schaufenster scheint, schon vergilbt. Ich streiche mit meinen Fingern sorgsam darüber. Wie lange war das her?

Traugott verschwindet hinter dem Filzvorhang in seine winzige Küche und setzt Wasser auf. Nach diesem schier endlosen, einhelligen Moment des Schweigens hält er mir eine Tasse Tee hin. »Zitronenmelisse ... zur Beruhigung?«, und reicht mir lächelnd einen Löffel Honig dazu.

»So traurige Augen, Theo«, sagt er sanft nach einer gewissen Zeit und schüttelt den Kopf. »Kein Ereignis, nichts rechtfertigt so traurige Augen.« Er setzt sich hin und trinkt einen Schluck. Er hält meinem Blick stand, so als würde er warten, dass ich beginne zu erzählen.

»Ich ... Ich habe ziemlich viele Menschen auf meinem Weg verloren, die ich einmal geliebt habe, und vor Kurzem wieder jemanden«, sage ich, ohne auf das Gesagte einzugehen.

Traugott nickt.

»Das gehört zum Leben – und warum zählst du nicht diejenigen auf, die noch da sind?«

Seine Worte bleiben nahezu in der Luft hängen. Niedergeschlagen stütze ich den Kopf auf eine Hand.

Er betrachtet mich mitfühlend. Er weiß Bescheid. Er liest in mir wie in einem Buch. Ich erlaube ihm ganz selbstverständlich, die nächsten Seiten umzublättern, und es scheint, als kenne er bereits den Ausgang des nächsten Kapitels.

»Ich bin wieder beim Ausgangspunkt angelangt, diesmal aber abzüglich meiner Träume, meiner vielen Pläne und meiner Hoffnungen«, sage ich.

»Kein Ausgangspunkt, Theo. Ein Wendepunkt.«

»Ein Tiefpunkt«, korrigiere ich.

»Ein neuer Referenzpunkt«, beharrt Traugott.

»Das Leben geht an mir vorbei, ohne dass ich wirklich daran teilhabe.«

»Es gibt eine Zwischenzeit. Eine Zeit zwischen dem Nicht-mehr und dem Noch-nicht. Das ist die Zeit für das Formen neuer Gedanken und das Bilden eines neuen Referenzpunkts, von dem aus man ein neues Koordinatensystem skizzieren und sein Leben neu zeichnen kann. Manchmal muss man einfach nur stehen bleiben. Man muss die Wahrheit finden, damit das Glück einen wiederfinden kann. Allein die Tatsache, dass es vielleicht gerade regnet, bedeutet nur, dass du die Sonne nicht siehst, aber sie ist deshalb nicht außer Kraft gesetzt«, sagt Traugott. »Die Sonne scheint auch über den Wolken.«

Ich halte die heiß dampfende Tasse Tee in meinen Händen, so als könnte ich mich an ihr festhalten, und bringe gerade nur ein dünnes Lächeln zustande.

»Ich hätte gerne, dass er zurückkommt«, höre ich mich sagen, »dass alles so wird, wie es früher war. Mit ihm ist ein Teil meines Selbst gegangen.«

»Du bist also bereit, am Leben wieder teilzuhaben und glücklich zu sein, vorausgesetzt er erwidert deine Liebe?«

Ich nicke betreten.

»Findest du das nicht absurd? Bist du dir deiner Bedürftigkeit bewusst? Glaubst du, dass es Liebe ist, wenn man den anderen so dringend braucht, dass man ohne ihn am Leben gar nicht mehr teilnehmen möchte?«

Ich richte meinen Blick auf den Boden.

Traugott nimmt meine Hände und legt sie in die seinen.

Ich kämpfe mit den Tränen.

»Du willst diese Wahrheit nicht erkennen, du bist wie ein Kind, dem man sein Spielzeug weggenommen hat. In Wahrheit willst du nur dein Spielzeug zurück, aber so funktioniert das im Leben nicht. Du hast Angst, das Bekannte zu verlieren, und nennst es Liebe. Du hast geglaubt, das Bekannte würde dir Sicherheit geben, jetzt weißt du, dass das eine große Illusion ist. Denn auch das Bekannte kann sich wandeln und zum Unbekannten mutieren.«

»Du hast natürlich recht«, sage ich in die Stille hinein.

»Mir geht's nicht darum, recht zu haben. Ich will, dass du das erkennst und es veränderst. Du kannst nur verändern, was du erkennst, deshalb ist es so wichtig, die Wahrheit zu erkennen und der Versuchung zu widerstehen, sich die Wahrheit zurechtzubiegen.«

»Erinnerst du dich, dass ich dir einmal sagte, dass du niemals dein Glück von Entscheidungen anderer abhängig machen solltest? Das Leben ohne diese Erwartung zu leben, das ist wahre Freiheit. Bitte nicht darum, dass er zurückkommt. Bitte um eine erfüllte Beziehung. Du kannst nicht wissen, was zwei Seelen verbindet und wie lange diese Verbindung dauern soll. Und es ist nicht klug, dir eine spezielle Verbindung zu wünschen, denn du weißt ja nicht, was im Ermessen deiner Seele gut und richtig ist.« Er nimmt einen weiteren Schluck aus seiner Tasse und fährt fort: »Alles ist vergänglich, nichts bleibt so, wie es ist, nichts hört auf sich zu verändern. Alles, was im Leben entsteht, erfährt eine Blüte und einen Verfall. Nur aus dem, was vergeht, kann etwas Neues entstehen und nur daraus kannst du wachsen. Sieh in jedem Augenblick eine Chance für eine Neuorientierung, halte nicht fest an der Vergangenheit, sondern öffne dich dafür, was das Leben jetzt für dich bereitstellt. Und das, was jetzt dein größtes Unglück ist, ist vielleicht dein größtes Glück. Kannst du es wissen?«

Ich schüttle den Kopf.

»Bewege dich mit dem Rhythmus mit, anstatt dich gegen ihn aufzulehnen. Das kostet Kraft und Energie und wird nicht von Erfolg gekrönt sein. Und hab keine Angst. Sieh deine Enttäuschung als das Ende der Täuschung, als eine Öffnung für die Wahrheit und gib dir Zeit.«

»Die kleinste Kritik bringt mich aus dem Gleichgewicht, jeder Misserfolg, sei er auch noch so unbedeutend, lässt mich an mir zweifeln und das kleinste Missgeschick bringt mich in Bedrängnis«, sage ich.

»Es ist eine Illusion, dass dir im Außen jemand oder etwas Halt geben kann. Nur du selbst kannst es und nur du selbst bist für dich verantwortlich. Du bist so gut, wie du selbst glaubst, dass du es bist, und nicht, wie jemand anderer sagt, dass du es seist. Entscheide dich jeden Tag neu. Und sei nicht zu streng mit dir selbst, wenn es dir einmal nicht so gut gelingt. Leben heißt Fehler machen. Veränderung kommt aus dir, sie kommt von innen.« Traugott nimmt einen weiteren Schluck Tee und führt weiter aus:

»Wenn deine Erwartungen nicht erfüllt werden, wirst du missmutig. Du erfährst Leid und siehst es als Bestrafung für deine Fehler und Unzulänglichkeiten. Doch das ist falsch. Wenn deine Erwartungen nicht erfüllt werden, heißt das nur, dass du die Wahrheit noch nicht erfasst hast und dass das Leben dich aufruft, sie zu finden.

Es ist ein Aufruf, dein Bewusstsein zu erweitern und für neue Lösungen zu öffnen, die bereits vorhanden sind. Denn bevor ein Problem in dein Leben kommt, gibt es immer bereits die Lösung dafür. Du musst sie nur finden. Du bist niemals Opfer von bestimmten Bedingungen, du hast zu jeder Zeit und unter allen Umständen für jede Herausforderung das notwendige Werkzeug bekommen. Du musst nur darum bitten, es zu erkennen, und es anwenden.«

»Aber Gott hat mich vergessen. Warum nur?«

»Er hat dich nicht vergessen«, antwortet Traugott und lächelt mitfühlend. »Da bin ich mir ganz sicher. Ich glaube vielmehr, du hast Gott vergessen. Du hast aufgehört zu vertrauen, dass er da ist, dass er für dich da ist. Du hast aufgehört, mit ihm zu kommunizieren und ihm zu vertrauen.«

Ich nicke betreten.

»Du nimmst dir keine Zeit für ihn. Anstatt die Wahrheit zu suchen, läufst du lieber vor ihr davon. Stimmt´s? Es ist wesentlich einfacher, sich von Scheinaktivitäten, von dem, was man im Alltag glaubt, unbedingt tun zu müssen, oder von anderen Menschen ablenken zu lassen. Stimmt´s? Heilung ist immer schmerzhaft und deshalb hast du Angst vor der Wahrheit.«

Ich nicke wieder.

»Kennst du die Einsamkeit, die einem unter Menschen befällt? Einsamkeit vergeht, wenn du dir selbst wieder Aufmerksamkeit schenkst, wenn du dir selbst wieder deine beste Freundin bist.« Er schweigt und lässt seine Worte wirken.

»Du bekommst, was du dir erschaffst. Male dir ein neues, nie da gewesenes irdisches Glück aus, so wie du es dir wünschst, denn du bist es wert, dass deine Wünsche in Erfüllung gehen. Male dir Geborgenheit aus und du wirst sie erleben. Male dir das Glück in seiner Vollkommenheit aus, denn du bist es wert, glücklich zu sein. Sei es dir wert und denke nur, dass es kommen kann. Das ist ein Wendepunkt, jetzt kommt etwas Neues und das Neue wird frühlingssonnig, du musst nur daran glauben.

Du sehnst dich nach Liebe? Verschenke sie! Verschenke all die Liebe, die du in dir hast und die du in letzter Zeit so sehr vermisst hast. Schenke Zuversicht, schenke die im Überfluss vorhandene Freude, Aufmerksamkeit, Hingabe und den Frieden, den du in dir hast. Habe Respekt vor deiner Aufgabe, bemühe dich und lass das Gefühl los, unzureichend zu sein.

Schaffe Ordnung in deinem Leben, im Innen wie auch im Außen. Schaffe dir Hohlräume. Nur in den Hohlräumen hast du die Möglichkeit durchzuatmen. Nur aus ihnen kann man Kraft schöpfen. So wie jedes Gefäß hohl sein muss, um daraus trinken zu können, musst du dir Hohlräume schaffen, um aus ihnen heraus agieren zu können.

Schaffe sie, um nach innen gehen zu können, und verbinde dich mit der Weisheit tief in dir. Sie wird dich leiten und führen und du wirst zu jeder Zeit wissen, was zu tun ist. Lass dich führen. Lass dich leben, statt das Leben bezwingen zu wollen – mit zu viel Aufwand, zu viel Kraft, die dich überfordert und müde macht. Hohlräume entstehen durch Verzicht: Verzicht auf Ablenkung, auf Berieselung, auf Konsum. Nur in den Hohlräumen bist du zu Hause.« Traugott löst meinen Notizzettel von der Wortewand und drückt ihn mir in die Hand. »Denke darüber nach«, sagt er, »und lies, was du vor sehr langer Zeit selbst geschrieben hast.«

Ich las: Nichts ist selbstverständlich. Es lohnt sich immer, dankbar zu sein.

Schweigend trinke ich meinen Tee und lese nochmals die Worte auf dem schon etwas verblichenen Blatt Papier in meinen Händen.

Sei dankbar für das, was ist, und du empfindest schlagartig Freude. Jeder Schmerz ist nur vorübergehend. Jede Sorge ist nur vorübergehend. Und man hält es aus. Lass die traurigen Gedanken ziehen, sie sind nur Ausdruck deiner Angst und deiner Unsicherheit und sie trüben die süßen Augenblicke, die jeder Tag auch für dich bereithält. Jeder Tag ist ein Geschenk, mach etwas daraus. Mach gleich etwas daraus.

Sei dankbar für das, was du bist, dann kannst du innerlich Demut und Freude empfinden, eine bedingungslose Freude, die aus der tiefen Zuversicht entsteht, dass du so, wie du bist, in Ordnung bist. Diese Freude kannst du dir nur selbst geben und sie auch empfinden, ohne dass die äußeren Umstände verändert sind. Wenn du in innere Freude kommst, ändern sich die äußeren Umstände ganz von selbst. Verstehst du?

Führe die Emotion vor dem Ereignis herbei. Du kannst auf ein Ereignis im Außen warten, welches dich freudvoll stimmen soll, oder du gehst selbst in die Aktion. Denn du kannst, bereits bevor etwas eingetroffen ist, dies fühlen, deine innere Freude

> darüber spüren und ausleben und bereits jetzt dafür dankbar sein. Gefühle sind magnetisch. Du wirst somit Ereignisse in dein Leben ziehen, die diese Freude wieder bestätigen.

Ich blicke immer noch ein wenig resigniert, aber Traugott fährt unbeirrt fort: »Lass uns gleich damit beginnen. Du wirst sehen, das Leben ist auch leicht und es macht Spaß!«

Und dann, ganz plötzlich, völlig unerwartet, fängt Traugott spontan und unergründlich an zu lachen. Zuerst hört es sich so an, als mache er sich über mich lustig. Ein amüsiertes Lachen. Aber dann wird sein Lachen herzhafter, komplizenhafter und regelrecht ansteckend. Es kommt mir grotesk vor und ich muss auch lachen. Zwischen zwei Lachkrämpfen schnappt er nach Luft und wischt sich die Tränen von den Wangen, um sofort wieder in ein derart ansteckendes Lachen zu verfallen, dass ich gar nicht anders kann, als mich anzuschließen. Und je grotesker er mir vorkommt, desto mehr muss Traugott wieder lachen und desto mehr schneidet er dabei verschrobene Grimassen, was auch mich wiederum zum Lachen bring. Und das Eigenartigste ist: Wir haben über nichts gelacht. Nachdem wir uns wieder beruhigt haben, sagt Traugott mit ernster Miene:

»Und was meinst du, braucht es nun einen bestimmten Grund, um ein ganz bestimmtes Gefühl zu empfinden? Braucht es einen bestimmten Grund, um zu lachen und fröhlich zu sein? Braucht es einen bestimmten Grund, um das Leben zu feiern, außer die Freude am Leben und die Freude über die eigene Existenz?«

Ich lächle. Diese Lektion war einfach zu verstehen.

»Ich brauche deine Hilfe«, sagt Traugott und springt plötzlich auf. »Es gibt viel zu tun.« Er zeigt aufmunternd auf den

Filzvorhang. Dahinter stapeln sich Pakete mit neuen Büchern, die vor ein paar Tagen geliefert wurden.

Wir sprechen nicht mehr viel an diesem Nachmittag. Es kommen immer wieder Kunden, den ganzen Nachmittag ist der Laden gut besucht. Wir packen die Bücher aus, entsorgen die Umverpackungen. Traugott kontrolliert den Wareneingang, danach setzen wir gemeinsam die Bücher auf den Büchertischen um und ich sortiere schweigsam neue Grußkarten auf den Drehständern. Es ist die gleiche Vertrautheit da wie damals, als ich nach der Schule zu Traugott ging und ihm im Laden half. Die Arbeit lässt mich zeitvergessen sein.

Zeitvergessen, denke ich, das ist Glück, weil Zeitvergessenheit Bedürfnislosigkeit ist.

»JETZT ist wichtig«, sagt Traugott, als hätte er schon wieder meine Gedanken gelesen. »Es gibt nur die Gegenwart. Vergangenheit lässt sich nicht mehr ändern und die Zukunft steht noch nicht fest. Alles, was ist, ist jetzt. Sei zufrieden mit dem Jetzt, so wie es ist.

Wir haben immer die Wahl. Du sorgst dich über Dinge, die noch nicht eingetroffen sind, von denen du befürchtest, dass sie eintreffen könnten. Ist das nicht absurd? Ist es nicht absurd, sich das Jetzt mit Gedanken zu vermiesen, die das Gestern oder das Morgen betreffen? Stelle das ab. Mit der ewigen Sorge, was passieren könnte, kommen wir nie im Augenblick an. Die Gedanken sind schon wieder einen Schritt weiter und das JETZT ist wieder nicht gelebt. Aber Leben findet nur jetzt statt. Wenn du jetzt nicht lebst, wann dann? Es gibt keinen anderen Zeitpunkt in deinem Leben, als jetzt zu leben. Und jetzt dekorieren wir die Auslage mit den Neuerscheinungen«, freut er sich.

Er legt eine CD ein. *Freedom's just another word for nothing left to lose*, und wir singen lauthals mit, so laut, dass vorbeigehende Passanten wunderlich lächeln und uns durch das Schaufenster winken. Traugott nimmt den Kartenständer und tanzt mit ihm durch den Laden. Lachen ist ansteckend. Freude auch.

»Ein Bild für Götter«, sage ich und wir lachen. Und so verbringen wir den restlichen Nachmittag. Keine Traurigkeit kommt mehr auf. Keine Einsamkeit. Keine Trägheit.

»Ich bin da«, sagt Traugott, als ich mich von ihm verabschieden muss. »Ich werde dich unterstützen, wo ich kann. Sei entschlossen. Nur entschlossen kann man Türen öffnen.«

Wir verabreden uns für nächsten Montag im *Unter uns*.

»Camille wird bestimmt auch kommen«, sagt Traugott. »Und bring deinen Buben mit, das letzte Mal habe ich ihn gesehen, als er ein Baby war. Ich hätte da viele kleine Geschichten für ihn.«

Als ich Traugott noch einmal umarme, sagt er in einem ernsten, traurigen Ton: »Theo, bevor du gehst, muss ich dir noch etwas sagen. Es geht ums *Unter uns*. Es ist übernommen worden.«

»Warum? Warum ist es übernommen worden? Was ist mit Frédéric?«

Traugott sieht mich an.

»Was ist mit Frédéric?«, wiederhole ich und lese bereits erschrocken die Antwort in seinen Augen ab.

»Frédéric ist gestorben, Theo. Gestern Vormittag waren Camille und ich auf seiner Beerdigung.«

Deshalb also war Traugotts Laden geschlossen, Camille nicht im Blumengeschäft und die Straße wie ausgestorben. Ich schlucke. Tränen schießen mir in die Augen. Ich drücke mein Gesicht an Traugotts Brust und weine.

»Frédéric. Oh Gott. Frédéric, der Inbegriff von Güte und Hilfsbereitschaft. Das tut mir so leid.«

Ich schäme mich. So sehr war ich mit mir selbst beschäftigt, habe ihn so lange nicht mehr besucht. Man verpasst so viele Gelegenheiten, anderen seine Dankbarkeit und seine Zuneigung zu bezeugen. Ich schäme mich, nicht einmal bei seiner Beerdigung gewesen zu sein, schlimmer noch, nicht einmal von seinem Tod erfahren zu haben. Wie unbedeutend erscheint mir mein Leid – jetzt im Vergleich zu seinem Tod.

Ich bin lebendig. Ich habe mein Leben, kann noch alles ändern. Worüber um Gottes willen beklage ich mich? Darüber, dass mich jemand, der mich offensichtlich nicht mehr liebt, verlassen hat? Darüber, dass mich jemand verlassen hat, von dem nicht einmal ich wirklich weiß, ob ich ihn auch wirklich liebe? Als ob das das Lebensende bedeuten würde.

»Oh Gott, Traugott, ich schäme mich so sehr«, schluchze ich. »Wie relativ Schmerz doch ist.«

Traugott umarmt mich. Nach einer Weile des Schweigens sagt er sanft: »Er war krank und er war alt, Theo. Wir haben alle nicht bemerkt, wie schnell die Zeit vergangen ist. Er ist eingeschlafen, ganz still, und in seinen Gesichtszügen war kein einziges Anzeichen von Schrecken oder Bitterkeit. Frédéric hatte keine Angst. Er sah den Tod als letztes großes Abenteuer. Er verabschiedete sich mit einem Lächeln auf den Lippen und vor seinem letzten Atemzug hob er den rechten Arm, so als würde er jemandem seine Hand reichen wollen. Er hat nichts bedauert. In seinen müden Augen war kein Hätte-, Würde-, Wäre-ich-nur abzulesen. Als er ging, kehrte dieser ungekannte Frieden in sein Zimmer ein. Der Tod ist nicht das Ende, Theo. Wir bleiben einander immer verbunden. Das Schöne ist, dass viele Menschen sich gerne an ihn erinnern. Er war ein Vorbild. Ein Vorbild an Menschlichkeit und Lebensfreude.

Sein Tod lehrt uns auch wieder, jeden Tag als das zu begreifen, was er ist: einzigartig, unwiederbringlich und kostbar. Er lehrt uns, demütig und dankbar für unser Leben zu sein. Frédéric ist in Zufriedenheit und Dankbarkeit gestorben, er war in Frieden mit Gott und der Welt, er hat sich und allen, die ihm jemals Schmerz zugefügt haben, vergeben und er hat eine Spur der Herzlichkeit und Freude in den Herzen der Menschen hinterlassen. Sein Restaurant hat er an jemanden übergeben, der ihm unwiderruflich versprochen hat, es nach seinen Vorstellungen weiterzuführen. Es soll ein Ort der Begegnung und der Freundschaft bleiben.«

Langsam fange ich mich wieder, mache mich mit dem Gedanken vertraut, dass Frédéric fort war, während wir weiterlebten und das *Unter uns*, Traugotts Laden, Camilles Blumengeschäft und die Häuser in unserer Straße ganz selbstverständlich weiter existierten, als ob nichts geschehen wäre. Ich atme tief ein. Wir lassen die Erinnerung an ihn durch unseren Geist dringen und mir ist, als sei er jetzt mitten unter uns.

»Wer hat es übernommen?«, frage ich nach.

»Ein wirklich liebenswürdiger, witziger und engagierter Mann. Ein anständiger Mensch. Frédéric mochte ihn sehr. Sie haben sich vor rund zwei Jahren im *Unter uns* kennengelernt. Er kam, um etwas zu trinken, und blieb bis zum frühen Morgen. Von da an haben sie viele Abende gemeinsam verbracht und Stunden um Stunden miteinander geplaudert und diskutiert. Ich kenne ihn auch, wir haben oft auch alle gemeinsam gegessen. Für ihn war es keine leichte Zeit damals, seine Frau hatte sich von ihm getrennt, sie hatten ein kleines Kind, das muss ungefähr so alt wie Nico sein.

Er war Wirtschaftsprüfer, hat seinen Job von heute auf morgen gekündigt und wollte etwas völlig Neues beginnen. Er war so etwas wie Frédérics Schützling. Er war auch öfters hier, bei mir. Ich mag ihn. Das *Unter uns* wird so bleiben, wie es war. Er hat es Frédéric versprochen. Und er wird sein Versprechen halten, er ist ein integrer Bursche. Es hat sich nichts verändert und es wird auch immer Apfeltarte geben!«

»Wenn du es sagst, wird es sicher so sein«, sage ich beruhigt.

»Ich denke sogar, er würde dir gefallen«, schmunzelte Traugott. »Aber du wirst ihn ja bald kennenlernen. Sein Name ist übrigens Fynn.«

Fynn mit Ypsilon, wiederhole ich lautlos in Gedanken und umarme Traugott.

***

Kapitel 24

Ich laufe die Straße bis zur Hauptstraße hinunter und hüpfe auf die weißen Felder des Zebrastreifens, ohne die schwarzen zu berühren. Traugott gibt einem das Gefühl, einzigartig zu sein. Nein, wahr ist vielmehr, Traugott ruft einem wieder in Erinnerung, dass jeder einzigartig ist.

Auf dem Heimweg spaziere ich durch den Stadtpark bis zum Parkring. Der Kummer um Frédérics Tod nagt noch immer an mir. Gleichzeitig fühle ich mich jedoch auch getragen von einer neuen Kraft, über die ich auf rätselhafte Weise plötzlich verfüge. Ich erkenne mich selbst kaum wieder und Fynn geht mir nicht mehr aus dem Kopf. Ich fasse es nicht.

»Sehr bald«, sage ich zu Nico, »gehen wir gemeinsam ins *Unter uns* essen und ich stelle dir einen Freund vor. Er heißt Traugott und wenn du möchtest, erzählt er dir eine Geschichte.« Nico schlingt seine kleinen Arme um meinen Hals und lächelt.

»Traugott? Ist das jemand, der Gott kennt?«

»Ja, so ähnlich«, sage ich, »lass dich überraschen.«

Bevor ich schlafen gehe, lese ich die letzten Seiten in Traugotts Notizbuch, seine Zusammenfassung von den Gesetzen des Menschseins.

> Menschsein macht nicht immer Spaß, aber wir wissen ja jetzt, dass wir nicht auf der Erde sind, um Spaß zu haben, sondern um zu erkennen, wer wir sind.
> Viele laufen mit verschlossenem Geist durchs Leben und haben nie gelernt, das Naheliegendste zu sehen. Die Offenbarung liegt im Inneren – nur das muss man erst einmal erkennen!
> Die Gesetze des Menschseins sind in uns drinnen, sie sind in unsere Herzen geschrieben. Sie stehen in unserem Gewissen. Das Gewissen ist die reinste Wahrheit, es ist unbestechlich und zeigt an, was gut und richtig ist. Es ist die Instanz in unserem Bewusstsein, die uns vorgibt, wie wir zu urteilen haben und welche Handlungen richtig oder falsch sind. Das Gewissen lässt uns empfinden, sobald wir den Grundsatz der Liebe und der Wahrheit nicht beachtet haben.
> Wenn das Gewissen rein ist, ist es ohne Bitterkeit und Reue. Es ist der Kanal, durch den sich der Wille Gottes dem Menschen verständlich macht. Jeder Mensch hat ein Gewissen, nur viele haben leider keinen Zugang dazu oder wollen es nicht erkennen.
>
> Wir sind da, um Freude und Hoffnung in die Welt zu bringen. Die Geschenke Gottes muss man teilen. Unsere kostbare Lebenszeit zu vergeuden, ist das einzige, das wir uns nicht leisten können. Es kommt

einer Niederlage gleich, wenn wir uns am Ende des Lebens fragen müssen: »Um Gottes willen, warum habe ich nicht mehr aus meinem Leben gemacht?« Du bist mit allem ausgerüstet, um aus dir einen erfolgreichen Menschen zu machen. Erfolgreich im Sinne von: dein Leben so zu führen, dass zum Schluss weder Bitterkeit noch Reue aufkommt, sondern nur Freude über das, wie es ist und wie es war.

Du bist das Licht. Du kommst auf die Welt um zu erfahren, was es heißt, ein Mann oder eine Frau zu sein, arm oder reich, hübsch oder hässlich, gescheit oder dumm, gesund oder krank. Um diese Erfahrungen zu machen, suchst du dir einen Körper, Eltern und einen Charakter aus ... und dann geht's los. Das Abenteuer LEBEN kann beginnen. Gott weiß, am Ende wird alles gut – auch wenn es sich für dich nicht immer so anfühlen mag.

Wir alle müssen noch viel lernen. Gehe nie davon aus, dass, wenn eine Tat getan ist, das gesamte Werk vollendet ist. Jede noch so gute Tat ist nur ein Baustein, ein Puzzleteil im großen Ganzen. Der Mensch hört niemals auf zu lernen. Er wächst, um das Höchste zu erkennen: Alle Wesen sind Gottes Kinder. Auch die in deinen Augen Einfältigsten, Stumpfesten, Dümmsten und Bösesten, denn auch sie haben ein Leben und eine Geschichte zu erzählen. Und alles Leben ist der Liebe wert. So wie die Sonne für alle Wesen scheint, liebt auch Gott alle Wesen gleich. Wir sind Seelen auf verschiedenen Bewusstseinsstufen und auf jeder Bewusstseinsstufe gibt es neue Lernaufgaben. Das heißt, mit jeder gemeisterten Lernaufgabe steigst du auf eine höhere Bewusstseinsstufe. Das nennt man Entwicklung. Lerne von den Menschen, die Liebe ausstrahlen, und hüte dich vor denen, die sie nur äußern. Liebe bedarf keiner Äußerung. Liebe ist.

Wenn dir deine Aufgabe zu groß erscheint, ist sie am ehesten zu meistern, indem du einfach die Dinge mit ganz viel Herz angehst. Aus den trivialsten Begegnungen können sich dann Freundschaften entwickeln, aus dem einfachsten Geplauder tiefe Gespräche entstehen. Das alles ist Leben. Sei dankbar für das, was das Leben dir jeden Tag bereithält. Es geht dir gut. Sei dir dessen bewusst und sage jeden Tag Danke.
Wenn du deine Dankbarkeit zum Ausdruck bringst und deinen Alltag mit Hingabe und Herz lebst, ohne dabei irgendjemanden zu bewerten, dann tust du schon weit mehr als viele deiner Mitmenschen. Denn dann leistest du in deinem kleinen Umfeld einen großen Beitrag. Und das strahlt auf andere aus. Sie tun dann vielleicht das Gleiche und die Welt wird wieder ein klein bisschen besser.
Es gibt ganz viele potenzielle Ablenkungen, die einem dazu verführen, sich weniger mit sich selbst zu beschäftigen. Wenn es in Mode käme, statt zu konsumieren mehr in die Stille zu gehen, würde es vermutlich einfacher werden.
Die Menschen wollen noch nicht aufwachen. Die Zeit, in der wir uns bewegen, ist zwar eine Zeit des

Umbruchs, weil sich all das löst, was keinen Bestand hat, aber es fehlen die Wurzeln und damit fehlt der Halt. Was keine Tiefe hat, also keine Wurzeln, kann bei stürmischeren Veränderungen nicht bestehen.
Es fehlt an Sanftmut und Hingabe für die wirklich wichtigen Dinge. Und es fehlt an Individualität.
Geh du deinen eigenen Weg und lass dich nicht ablenken in deinem Tun und deinem Streben. Gehe ihn auf deine individuelle Art, in deiner individuellen Zeit. Habe Mut und Vertrauen, auch wenn du nur langsam voranschreitest und andere sich schneller bewegen, denn jeder von uns hat seine ganz persönlichen Lernaufgaben und seinen Rhythmus.
Lass dich durch Rückschläge nicht beirren, kein Fluss fließt auf geradem Weg ins Meer. Jeder von uns wird auf seinem Weg unterschiedliche Wendungen und Schleifen gehen. Sei gewiss, alle Wege führen ins Licht. Urteile nicht über den Weg eines anderen, denn du weißt nicht, was sich seine Seele erwählt hat.
Lege Sanftmut in deine Worte, Weichheit in deine Taten, damit die Starre sich lösen und überwunden werden kann. Breite rosafarbenes Licht in deinem Alltag aus und hülle die Menschen ein.
Wenn du allem, was du tust, deine höchste Aufmerksamkeit, deine höchste Achtsamkeit und deine höchste Konzentration schenkst, dann kann das, was du tust, nie falsch sein. Du hast die Gabe, dein Herz zu öffnen, und gleichzeitig ist diese Gabe deine höchste Gefahr. Wenn dein Herz offen ist, kann es fließen, und zwar in beide Richtungen: aus dir heraus und in dich hinein. Wenn es aus dir herausfließt, dann lass

alle Schranken fallen, denn dann bist du bei dir und wenn du bei dir bist, bist du bei Gott. Wenn es in dich hineinfließt, musst du lernen, rechtzeitig bei dir zu sein, um das zu stoppen, was nicht in dein Herz soll.

Und dann folgt noch meine Liste, die wir nach und nach vervollständigt haben, so wie sie heute noch in Traugotts Buchhandlung hängt:

- Alles auf der Welt hat zwei Seiten.
- Wir haben einen Körper, aber wir sind nicht unser Körper.
- Die Seele hat kein Bild. Sie ist das Bild, das sich Gott von uns macht.
- Die Seele ist der Raum in uns, der hell und klar ist.
- Wir sind auf der Welt, aber nicht von dieser Welt.
- Wir erschaffen das, was wir denken.
- Jeder soll gut zu sich sein, dann ist jedenfalls immer einer gut zu uns. Nämlich ich.
- Liebe ist der höchste Wert.
- Wir sind auf der Welt, um uns selbst zu erfahren (und um zu erfahren, wie Erdbeereis schmeckt).
- Nichts ist selbstverständlich. Es lohnt sich immer, dankbar zu sein.
- Wir sind hier, um unsere Lebensaufgabe zu finden und sie in den Dienst der Menschheit zu stellen.
- Wir sind da, um Freude und Hoffnung in die Welt zu bringen.

Am Montagabend treffen wir uns wie geplant im *Unter Uns*, Traugott, Camille, Nico und ich. Fynn ist natürlich auch da.

Als Fynn uns alle zusammen sieht, ist er sprachlos. Er starrt abwechselnd Traugott, Camille und mich an und kann es nicht fassen. Ich finde es witzig, dass er, der sonst keiner Worte verlegen ist, plötzlich regelrecht verstummt.

Jeder von uns freut sich, den anderen wiederzusehen. Fynn lädt uns alle zum Essen ein. Wir sitzen wie damals gemeinsam unter dem Dach des Lindenbaums im Innenhof. Fynn rollt zwei Heizstrahler zum Tisch und wir sitzen in der wohligen Wärme an einem kühlen Herbstabend. Der Abend ist sternhimmelvoll.

Wir erzählen, wie wir alle einander kennengelernt haben, essen, trinken und lachen und es ist der schönste Abend seit langer Zeit. Der Einzige, der uns allen wirklich fehlt, ist Frédéric.

Ich ziehe Traugotts Notizbuch aus meiner Tasche. Traugott blättert darin, lächelt und schreibt zum Schluss:

Seien wir alle dankbar für das, was das Leben heute für uns bereithält. Es geht uns gut.

***

DANKE

Wenn die Geschichte zu Ende geht und das Buch in Druck geht, ist man als Autor erleichtert, weil ein langes Projekt abgeschlossen ist, aber man muss sich auch von den Personen verabschieden, die einem so lange begleitet haben. Sie ziehen weiter – an andere Orte, in andere Köpfe – und man hofft, dass wo immer es sie hinzieht, sie herzlich empfangen werden, unterhalten, verzaubern oder berühren.

Traugott entspringt meiner Fantasie. Ich habe mir in meiner Kindheit immer jemanden wie Traugott gewünscht und insgeheim wünsche ich ihn mir noch heute, denn er ist wie ein Vater, der gleichzeitig auch Freund ist. Camille ist wie alle Mütter aus meinem Freundes- und Bekanntenkreis, ein Engel in Arbeitshandschuhen. Fynn ist mein Freund, Partner und Geliebter (mit einem anderen Namen) seit vielen Jahren und ich hoffe, er bleibt es ein Leben lang.

Dieses Buch wäre nicht entstanden, hätte ich nicht jene wunderbaren Menschen an meiner Seite. Danke ...

... an meinen Freund Erwin für die vielen, vielen Kilometer bei Tag und Nacht, die Geduld und den Zuspruch, wenn ich wieder am liebsten das ganze Manuskript gelöscht oder den Computer zerstört hätte.

... an meine Freundin Martina. Danke, dass du meine Freundin bist und dass diese Freundschaft so klar, verlässlich und beständig ist.

... an Yanick, weil ich die Welt auch manchmal durch deine Augen sehen kann und weil du so bereichernd bist.

... an Diana, die jeden Entwurf mehrmals gelesen, das Manuskript immer wieder überarbeitet und in jeder Hinsicht verbessert hat. Danke für die Zusage, das Manuskript unter den vielen Einsendungen herauszufischen und zu veröffentlichen, ich werde diesen Augenblick der Freude immer bewahren. Danke auch für die vielen guten Zusprüche, manchmal auch spät abends und für diese tolle Teamarbeit trotz der Distanz Österreich-Deutschland.

... an meine Mutter für Ihre Hilfsbereitschaft, die Hühnersuppen, den wöchentlichen Dienstagabend, an dem ich mich nur aufs Schreiben konzentrieren durfte, und die vielen Wochenenden Auszeit in den letzten 10 Jahren.

... an Edda Buresch, die mir Gott vorgestellt und mir die spirituellen Sichtweisen über Jahre und unermüdlich in vielen Gesprächen und Seminaren gelehrt hat. Du hast mir gezeigt, wie wertvoll das Leben ist. Danke für die vielen Einsichten und die Motivation, neue Wege zu gehen.

... an Michaela und Johanna aus meiner Lieblingsbuchhandlung für ihre Warmherzigkeit und Unterstützung bei vielen Projekten; sie wissen was ich meine.

... an die Besitzerin des Blumengeschäfts in meiner Straße, weil die vielen bunten Blumentöpfe am Gehsteig mich jeden Morgen erfreuen, wenn ich das Haus verlasse.

DANKE.

Der EchnAton Verlag steht für transformierende Literatur.
Neben den Büchern von spirituellen Weisheitslehrern,
Schamanen und Coachs veröffentlichen wir tiefgehende
Romane und Meditations-CDs.

Fordern Sie unseren Gesamtkatalog an!

Aktuelle Neuerscheinungen und Informationen
zu geplanten Veranstaltungen der Autoren
finden Sie auch auf unserer Webseite:

www.echnaton-verlag.de